八田木枯 監修
角谷昌子 著

山口誓子の一〇〇句を読む

俳句と生涯

飯塚書店

昭和 28 年 8 月　白子鼓ヶ浦にて
この写真が、いかにも誓子先生らしいと、八田木枯は言う。

誓子の温容。50 歳前後か。

昭和 40 年代はじめ。中央に誓子、左はしに八田木枯。（新幹線の中か）

平成 4 年　10 月 3 日　自宅にて。

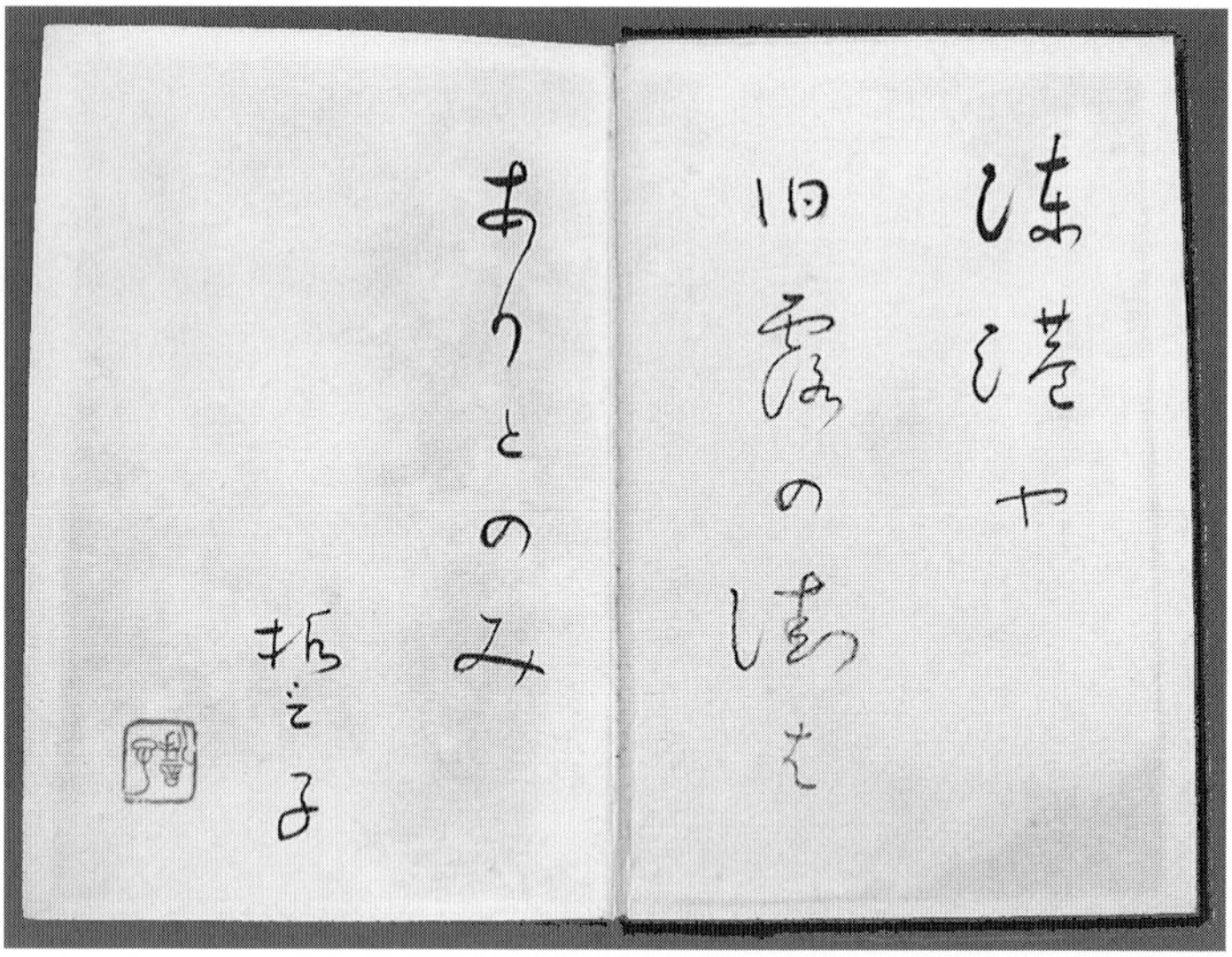

句集『凍港』見返し。

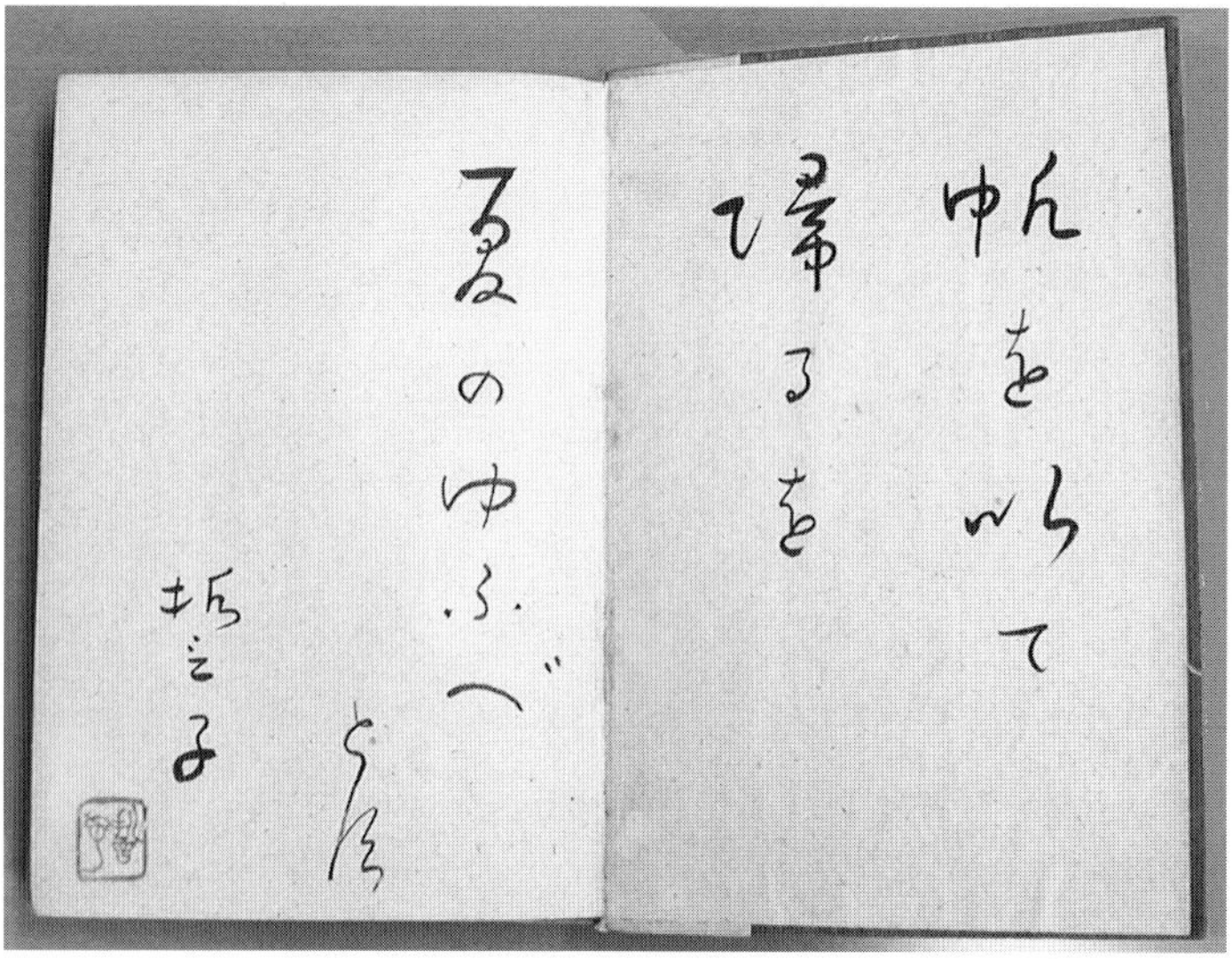

句集『遠星』見返し。

当時は紙は貴重品で、色紙に揮毫を頼める状況ではなかった。木枯は伊勢で静養中の誓子を訪ね、自分で墨を磨って句集に揮毫してもらった。

山口誓子の一〇〇句を読む

序

八田　木枯

満九十二歳で亡くなった誓子先生の句業は、七十年以上にも亘る。その厖大な数の作品から、百句のみに絞るということは、予想以上に大変な作業であった。しかし、選句するうちに私の胸のうちには、誓子先生の思い出がこもごも去来し、ついこの間のできごとのように、そのことばや表情、また背景までもが、実に瑞々しく甦ってくるのだった。

「天狼」創刊から一年ほど経ったころだろうか、「暖流」主宰・瀧春一に頼まれて原稿を書いたことがある。その題は、「誓子は神の化身である」などと大それたもので、句集『遠星』『晩刻』を論じた内容であった。ちょうど春一が無季俳句を作っている一時期のことである。その文章を読んだ秋元不死男が一杯やりながら、「木枯君は、やはりカミカタの俳人だなあ……」と呟いたことばが、いまでも耳に残っている。不死男はユーモアたっぷりにそう評しただけだったが、春一やほかの俳人たちには、呆れられ、「八田木枯は神がかりだ」とさんざん叩かれたものであった。

自分は実業のため、二十年近く俳句を離れていた時期があったが、先生は一途に生涯を通して句作を貫かれた。百句選は、誠に至難の業だったが、先生が四十代から五十代に至るころ、すなわち私が二十代のころ実際に先生に接した戦中戦後の句である『激浪』『遠星』『晩刻』の作品が、選んでみると不思議に一番多かった。これらの俳句が、自分の根幹に沁み込んでいることを、あらためて思い知らされたのである。それと同時に、いかにそれらの句が輝きを伴って、自分の青春の思い出と重なっているかを味わいもした。

また、昌子さんの筆力によって、誓子作品の単なる鑑賞ばかりではなく、評伝さらには誓子評論としても、この一書がきちんと仕上がっていることを強調したい。誓子が近代俳句を興したこと、そして新興俳句も凡てこれに繋がっていることが、ここに明白となった。よく知られていることだろうが、この大切な事実は重ねて申し上げておきたい。

誓子先生の作品とその境涯が、この一書で俯瞰できることは、弟子としての幸いである。そして誓子研究にとって、必須の一書となることを心より願っている。

目次

八田木枯・選

どこまでも、あなたのほんたうの姿を、お
出し下さい。
そして、私が、どの程度まで、あなたに共
鳴するかを、チェックして下さい。
自分を殺してはいけません。
私にバツをあはしてはいけません。

五月二十七日

山口誓子

八田木枯様

20 × 10

（昭和二十三年五月二十七日）

山口誓子の一〇〇句を読む

学問のさびしさに堪へ炭をつぐ

『凍港』昭和七年刊

大正十三年の作。青春を謳歌して語り合う友も傍らになく、下宿の一室でひたすら机に向かい、マントを頭からかぶって背を丸めながら勉学に励む。手元を照らす電灯の明るさのみが頼りの味気ない学生生活だ。ふと気づけば、火鉢の炭が消えかかっている。あわてて冷たくなった指先に息を吹きかけ、炭を足しては再び本の上に屈み込む。法律書ばかり積まれた部屋では、背中に闇が張りつき、孤独感を深めている。

この句は、東大の学生時代に作られた。誓子は東京に出てくる前、京都に住んでおり、京都第三高等学校文科乙類の学生だった。三高時代のはじめは、俳句よりも啄木の短歌に親しんでいた。だが、三高俳句会に出席し、日野草城の俳句に従来にない新世界を見出してからは、本格的に俳句をやろうと決心した。誓子は、「啄木から草城に乗り換えた」とユーモアを交えて書いている。草城は一年上級で、同級生には大宅壮一がいた。壮一は誓子が俳句を始めたと知ると、励まし、応援してくれた。

三高俳句会で俳句の魅力に目覚めた誓子は、鈴鹿野風呂と日野草城の両人から指導を受けていた。とりわけ草城の選評は明快で歯切れがよく、実作指導は水ぎわだっていた。その清新な明るい句風に大いに惹かれたのである。後年、草城のことを西東三鬼ら周囲に「全校第一の美青年」とも語っている。

大正十一年三月、虚子歓迎会が京都美術倶楽部で開かれた。誓子はここで初めて高浜虚子に会った。そして、この句会で投句した〈彼岸寺間借りの書生昼は居ず〉が虚子選に入っている。この「彼岸寺」の句は、三高生の誓子が、京都黒谷の長安寺に下宿していたときの自画像である。当時の京都では学生を大切にする気風があり、学生下宿がたくさんあった。下宿にはお寺も多く、そのなかの尼寺の下宿生活のひとこまを、誓子はこのように切り取ったのだ。この句会で、誓子はたまたま虚子の前の席となった。ふと虚子の手元を見ると、清記用紙の最初に自分の「彼岸寺」の句があった。すると虚子は毛筆を取って、その句をすらすらと写した。誓子の心臓は脈打ち、天へ昇る思いがした。そして披講のとき、自分の句が真っ先に読みあげられたのである。当時は自分の俳号を本名の「新比古《ちかひこ》」から音を当てはめ、「誓子（ちかいこ）」と発音していた。だが句会で虚子が「君がセイシ君でしたか」と声をかけたので、以降「誓子（せいし）」と名乗ることとした。こうして俳句にのめり込むようになったのは、特に自分を見つめた虚子の慈眼が、「俳句の世界にくぎづけ」にしたからだと、随筆「俳句の道に進む」に記している。

同年四月、学会で京都に来ていた水原秋櫻子に偶然出会った。誓子が五十嵐播水と、卒業記念写真を撮りに京都の大丸へ行った帰りのこと。聖護院の通りを過ぎたところに十字路があり、東南の角は出身校の錦林小学校で、北は京都大学へ向かう方向だ。その十字路へさしかかったとき、和服に袴を着けた大柄な人物が歩いて来た。秋櫻子だった。気づいた播水が立ち止まって丁寧に挨拶した。これが秋櫻子との初対面だった。播水が一緒でなかったら、秋櫻子との邂逅は決して果たされなかったろう。播水の医学部の同期生に秋櫻子の弟の滋がいたため、播水は秋櫻子を知っていたのだ。この出会いのとき、田中王城居の俳句会のことが話題となり、秋櫻子は「東京で一緒に勉強しよう」と誓子をさそった。

このまれなる出会いを八田木枯は、「近代俳句の出発」として、俳句史上特筆すべきことだと指摘する。近年、木枯は出会いの場所を確認すべく十字路を訪れ、当時の景色がほぼ保たれたままの「出発」の地に感慨深くしばらく佇んだのであった。

秋櫻子と出会ったこの年、誓子は東京帝国大学法学部に進学している。自分を行政官にしたかった外祖父脇田嘉一の意を汲んだのである。法科の大学生となってから、抜群の記憶力を生かして、条文を丸暗記するものの、なにやらむなしさが胸を嚙む。誓子はその反動で、心の渇きを潤すように、さらに熱心に俳句を作り始め、「東大俳句会」を復興し、盛りたてていった。大学の試験の最中にも俳句会があり、それがすむと徹夜で勉強したほどであった。誓子は、「睡眠は記憶の中断であるが、徹夜は記憶の連続と思って」「昼間寝てよく徹夜勉強をした」と書く。誓子らしい集中的な勉強方法である。

掲句は、東大の学生となり、本郷駒込千駄木に下宿していたころを回想して詠んだもの。自註に「法律の勉強には、条文の丸暗記や論理的な解釈が必要で、味気ない、わびしい勉強だった」とある。誓子にとって、淋しさに堪えることこそ少年時代からの勇気であり、「炭をつぐ」ことが堪忍の形だったのである。誓子は、「独り堪え忍ぶことは、私の少年時代からの特技である」と告白する。

当時の句はほかに、〈鉾杉や天の真洞のはたゝがみ〉〈夜を帰る枯野や北斗鉾立ちに〉などがある。

大正十三年、誓子は高等文官試験受験のための無理がたたって肺尖を侵され、大学を休学して芦屋で静養していたが、さらに肋膜炎を併発して寝込んでしまった。その病床に秋櫻子はわざわざ見舞に来ている。

後年誓子は、「私は東大俳句会で育てられた。なかんずく秋櫻子によって育てられた。私は京大三高俳句会の草城と、東大俳句会の秋櫻子から受けた恩を忘れない」と記した。

流氷や宗谷の門波荒れやまず

『凍港』

大正十四年作。空は鉛色に垂れ込め、海と空の境も曖昧にけぶっている。宗谷海峡には白波が立ち、人を拒絶するように荒れ狂っている。砕氷船は波に揉まれながら、押し寄せる流氷にぶち当たっては必死に突き進んでゆく。

掲句は、祖父母に連れられて渡った樺太のことを回顧して詠まれた。「門波」は万葉集〈粟島にこぎ渡らむと思へども明石の門波いまだ騒げり〉からきている。当時誓子は、俳句表現の効果を求めて万葉集から言葉をたくさん取り入れている。秋櫻子らとともに、俳句における万葉調の流行を先導したのである。

誓子は明治三十四年十一月三日、京都岡崎で生まれた。父、新助は鹿児島県始良《あいら》郡の出身で島津藩の出城、舞鶴城の家老の血筋であった。母、岑子《みねこ》は大和郡山藩士、脇田嘉一の長女。両親とも武家の出自であった。誓子には、妹が三人あり、辰江、炸《さく》、烈《れつ》と言う。また誓子の本名、新比古《ちかひこ》は外祖父嘉一が命名した。生まれて翌年には、父の大阪ホテル転勤などのため、誓子はこの嘉一夫妻に預けられ、以後、外祖父母に育てられた。

明治四十四年六月九日、母は冷めきった夫婦仲の葛藤や日頃の悩みを抱えて耐えきれなくなり、短刀で自害した。この日、父は九州へ出張して不在だった。もともと父は外交的、母は内向的で性格がことごとく違っていた。しかも父は「家を忘れ」、「それは母の耐えがたいところ」であった。そして皮肉にも、この短刀は武家の血筋の女性の心構えとして、嘉一が岑子に与えたものである。嘉一は岑子の結婚に際して短刀を渡し、何があっても「家へ帰ってくるな」と申し渡した。行き場を失った母は、とうとう短刀で喉を掻き切ったのである。それは誓子が十歳のときだった。

同年、妹の烈は尾上梅昇の幼女となる。のちの「ホトトギス」俳人の下田実花である。烈は養父の死後、養母の経済的な事情を察して、小学校を出てすぐ日本橋の芸者屋に入った。この烈には双生児の片割れの姉炸がいたが、生まれるなり父の同僚の養女になっていた。この姉妹の名前は祖父がつけており、日露戦争の年に生まれたので、砲弾の「炸裂」を二分して「サク」「レツ」としたのであった。

誓子は、赤ん坊のころに両親の手を離れて祖父母に育てられ、親兄妹の直接の触れ合いを知らずに育った。そんな誓子に、母の死がどのように伝えられたかは推測するしかないが、この事件は少年に大きな衝撃を与えたに相違ない。誓子は母のことや、新橋の芸者になった妹のことを、親しい俳人たちにも壮年になるまであまり明かすことはなかった。誓子の心の大きなしこりだったのである。

誓子俳句の暗い色調や情を拒むような確固たる調子は、母の自殺というトラウマや、家族の絆の脆さ、肉親との縁の薄さを、幼くして痛感したことが影響しているのではなかろうか。全生涯を通じて、感受性の強い幼時に受けた心の傷が、墨色の尾を曳いているように思われる。

明治四十五年、樺太日日新聞の社長をしていた祖父嘉一に迎えられ、誓子は京都を離れて嘉一夫妻とともに樺太に渡る。到着翌日から豊原尋常小学校に通い、卒業すると唯一の中学校であった大泊の庁立中学校に進学した。この中学校の校長太田達人は、夏目漱石と神田の成立学舎の同級生で、それ以来の親友であった。漱石の『硝子戸の中』には「太田は東北の人で、口の利き方などゆつたりして、性質が鷹揚だつた」などと記されている。だが、中学校に通っていたころ、『硝子戸の中』はまだ発表されておらず、誓子も旧友たちもその事実を当然知らなかった。

凍港や旧露の街はありとのみ

『凍港』

大正十四年作。氷に閉ざされた「旧露の街」の森閑としたたたずまいを、「ありとのみ」と突き放すように言って、ロシア皇帝時代に流刑者たちによって築かれた北辺の街への思いを言い留めている。

樺太は少年誓子にとって、母の自殺、兄妹の別れという悲劇による打撃や淋しさから逃れるための転地療養にもなったのではなかろうか。誓子は後年、樺太で過ごした小中学生時代を回顧して多くの秀作を著した。樺太は多感な少年時代を過ごした懐かしさに満ちている。特に大泊中学校の国語教師永井鉄平には多大な感化を受け、俳句への思いが膨らんだようだ。誓子自身、「永井先生に俳句の素地を作つて貰つたお陰で私の樺太に取材した辺境俳句が出来た」と自叙伝に書いている。辺境俳句とは『凍港』冒頭にある、よく知られた諸句〈犬橇《のそ》かへる雪解の道の夕凝りに〉〈氷海やはやれる橇にたわむところ〉〈雪の上に魂なき熊や神事すむ〉〈唐太の天ぞ垂れたり鰊群来〉〈郭公や韃靼の日の没《い》るなべに〉などである。これら樺太に取材した句集の特色を鑑み、虚子は『凍港』の序に、誓子を「征夷大将軍」と記し、「俳句は如何に辺塞に武を行《や》つても、尚且つ花鳥諷詠詩であるといふことをも諒解するであらう」と結んでいる。

誓子は、俳句の素材の「ありきたりでないもの」を求めようと心に決めたとき、念頭に樺太の想い出が生き生きとよみがえった、と記す。掲句は、こうして誕生した。樺太をテーマにしようと決めた誓子は、少年時代に過ごした「植民地樺太の風物」を回顧し、俳句作りに情熱を注いだのである。懐かしい樺太の自然を描いた作品には、主情的な潤いに充ちている。誓子俳句の基底にある寒々とした心象風景ばかりではない。

『凍港』という句集名にもなったこの句を、誓子は「凍れる港の一隅に残存する旧露の街コルサコフを詠じた蕭条たる風物詩である」と解説し、露西亜人の住んでいた市街が、ただ漠然とそこに在ったことを端的に描いたと書き添えた。自註には、通学した大泊中学校から町へ出ると「道が二つに岐れ、左すれば日本人の新市街、右すれば露西亜人の住んでいた旧市街へ行く」とある。また地理の教科書の用語である「不凍港」から「不」を削除して「凍港」と表現したことも併記されている。

誓子は随筆の中で「句集は作品の年表であると同時に、又作家の『芸術意識の発展史』である。作家の芸術意識が、如何により高度なものへ発展し来つたかの歴史的記録である」と句集の重要性について述べている。そして、『凍港』のことを評して「句調詰屈にして粗放、自ら顧みて甚だ忸怩たるものがないではない」と自省している。だが、最初にこの世に問うた作品集として、自分にとっては、少なからず愛着のある句集だった。

匙なめて童たのしも夏氷　『凍港』

昭和二年作。氷水など冷たいものを食べると、こめかみあたりがキーンとする。そんなことに頓着なく口に放り込み、清涼感を楽しめるのは子供の特権かもしれない。冷たくなった匙をねぶりながら、しびれた舌を出してみたりする。そのうち、びっしょりとかいていた汗がしだいに引いていくのだ。

誓子はこの句をどこにでもある、誰もがかならず持っている情景だとする。色紙にもよく書いていたので、気に入っていた句に違いない。自註に「スコオプの型をしたアルミニウムの薄い片々たる匙である。かたちが歪み、嚙んだ歯がたがくろくのこつてゐたりする匙」だと記し、さらに容器のコップ、削氷、蜜のことに触れ「子供はコップをしつかり手に持つて、削氷を匙で崩しては食べ」「そのたびに匙にのこるつめたさと蜜のあまさとを、舌でしごきながら、こころゆくばかり味はつてゐる。子供のたのしさはこのとき真に極まつたと云つていい」と表情まで浮かぶように活写している。

この幸せそうな「童」の姿は、誓子の記憶の中の、気苦労も知らぬ幼いころの自画像であり、楽しかった幼時の映像を、あえて刻みつけているようでもある。両親の不仲による葛藤も知らず、手放しで祖父母に甘えられた貴重な時代を詠むことによって、その後直面しなければならなかった苦難を埋め合わせる心理が働いたのではないだろうか。

三橋敏雄は、「感情移入していう『童たのしも』の『も』は、不確実ではあるが、何かに執着をもつ感情を表す終助詞。ここを、手調子で『たのしや』としない深慮を推して思わなければなるまい」と分析しているが、まさに炯眼《けいがん》である。誓子は、楽しかった幼時に執着することによって、暗く覆いかぶさってくる感情を打ち消したかったのだろう。その複雑な思いが「たのしも」に表れているのではなかろうか。京都に生まれ、八歳まで地元の錦林小学校に祖父母の手元から通った無邪気な日々こそが誓子の宝物だと言えよう。

七月の青嶺まぢかく熔鉱炉

『凍港』

昭和二年作。夏空に聳える青々とした嶺がいかにも爽快で迫力がある。盛夏のカッと照りつける陽光の激しさ、青葉に覆われた山の強い存在感がある。そんな「青嶺」を引き寄せるように、「熔鉱炉」の中は鉄が真っ赤に脈打っている。

掲句は、昭和二年六月、出張先の九州、八幡製鉄所で作られた。そのときの印象は「熔鉱炉は製鉄所の心臓部だった」「鉄の鉱石を熔かしている炉は、鉄扉を開けると、真紅な火を流出した。ひどい熱気だった。そんな熔鉱炉を見て外に出た私は、製鉄所の直ぐ南に聳える青嶺を見た。熱気から脱け出た私は、その青嶺の青をじつに美しいと思った」と記されている。

この句が作られた前年、誓子は東大法学部を卒業し、大阪市東区北浜にあった住友本社に入社した。課長、係長含め社員には当時東大卒が多かった。そして人事部労働課に勤務し、労働問題を扱うことになった。そのため労働組合の団体交渉などを担当し、心を疲れさせていた。メーデーの出勤状態を調べたり、工場に赴き、市中行進に随伴することが毎年恒例になった。メーデーの句に〈まどろすが丹《に》の海焼けや労働祭〉〈巨き船造られありて労働祭〉などがある。また、このときから鰻谷の寧静寮に住むようになる。勤務した住友本社には、住友製鋼所の常務であった川田順が、人事部の部長として、掲句の作られた三年後に配属されることになる。誓子勤務当時の住友には文学的な雰囲気があり、その「かぐわしい空気」は、著名歌人である川田順のおかげだったと、誓子は随筆「川田順さんと私――住友時代の思い出」に記している。川田順は、誓子にとって上司であり恩人であり、尊敬する文学の先達でもあった。

　誓子は大学時代、虚子の膝下にあって俳句の勉強を続け、随筆「虚子」に、「先生に知情意のみごとな調和をみた。理知も感情も意志も、先生は常人にすぐれておられた」と書くほど、虚子を崇拝していた。また「先生は私に特に目をかけられたように思う」という一文が示すように、自分の俳句の知識、才能に自信を持っていた。このようにお互い強い絆でつながっていたのだが、このあと虚子の指導から逸れていくことになってしまう。大正十五年、住友に就職して大阪に転居してから、誓子の俳句は大きく「変貌」を遂げた。その理由を「現代に住む者は現代の事物と、現代の心情を詠って、現代の俳句を作らねばならぬとおもったから」だと明言している。誓子は、虚子の唱道する「花鳥諷詠」に、住友に働き始めたころから強い違和感を抱き始めていた。当時誓子は「ホトトギス」の課題選者を任されており、虚子からの信頼が厚かった。誓子の心中にはかなりの葛藤があっただろう。のちに秋櫻子とともに誓子は「新興俳句」活動の魁《さきがけ》となったが、このときの「現代の俳句を作らねばなら」ないという切実な思いが原動力となっていたのである。

空蟬を妹が手にせり欲しと思ふ　『凍港』

昭和三年作。かたわらの女性が、ふと屈みこんで葉裏に付いていた「空蟬」をつまみあげ、手のひらに載せてコロコロと遊ばせている。それを眺めながら、こんなささやかな幸せを自分はずっと大切にしたいと思った。「妹」の横顔を見つめながら、ますますその女性を愛おしいと感じたのだ。少年のような誓子のときめきが伝わってくる。

掲句は「妹」連作十句のうちの一句。ほかに〈妹とゐて俳諧の夏たのしけれ〉〈妹が居の宰相山も夏祭〉〈はたはたはわぎもが肩を越えゆけり〉などがある。

この句の発表された年、誓子は内田暮情の勧めに従い、朝鮮の俳誌「青壺」の選を任されるようになった。また、大阪の「ホトトギス」作家と一緒に「無名会」を興した。日野草城、皆吉爽雨、阿波野青畝、後藤夜半らとも積極的に交遊している。また、プライベートでも大きな転換の年となった。五月に浅井啼魚の長女梅子と婚約し、十月には結婚して雲仙へ新婚旅行に出かけている。だが、めでたいことばかりではなく、別れもあった。育ての親代わりとなった外祖父嘉一が六月に亡くなったのである。

誓子の義理の父啼魚は明治八年、名古屋市中区の生まれ。大阪商船に入社し、海損計算の調査研究を担当、のちに海上火災保険会社に転出している。俳句に没頭していた啼魚の俳壇における業績の一つは「鬼城のパトロンとしてその生活を見、『鬼城句集』『続鬼城句集』を世に残したこと」だと誓子は高く評価する。その長女梅子（波津女）とは、大正十五年から、玉造の宰相山にある啼魚邸で開かれる水無月句会に毎月出席するたび顔を合わせている。この句会では、村上鬼城の選を受けていた。投句を鬼城へ送り、返送されてくる選には、誓子の句にたくさんの「判り申さず」の朱線が引かれていたという。

「宰相山」は、『摂津名所図会』によると「大阪の陣のとき真田幸村の塁《とりで》があったので真田山」とも呼ばれ、「そこに陣屋を持った加賀宰相に由来」した名だと、誓子は、随筆「岳父啼魚のこと」の中で説明している。その宰相山の啼魚邸を訪問し、玄関で「山口です」と名乗ると、「令嬢はわかってますというような顔をした」とある。

啼魚邸の離れには皆吉爽雨が住んでおり、ある日爽雨を訪ねると、波津女が顔をのぞかせ、しばらく二人の話を聞いていた。爽雨に言わせると「宿命的な場面」だが、誓子はそれは「すこし大ゲサ」だとテレて否定している。だが、誓子と波津女は、お互いこころ魅かれていたふしがある。自伝には「波津女はひそかに私との結婚を欲してゐた」「私は貧乏であつたからその結婚は無理だと思つた」と記されている。しかし、ただ単に貧しさだけが結婚を躊躇した理由ではなかったろう。良家の子女である波津女の思いを受け止めるには、自分の来し方が気にかかってしまう。自死した母や芸者になった妹があるというコンプレックス、さらには両親の温もりを知らず、祖父母に育てられたとの屈折した思いが、どうしても誓子のブレーキになっていた。昭和三年になって、啼魚が、誓子を長女の結婚相手として、真剣に考えるようになり、結婚話が現実味を帯びてきた。俳句仲間の田村木国が打診したとき、誓子は「私は他人の力によって生きてきた。これからも私の貧乏はつづくにちがいない」と考え、そのまま率直に伝えたところ、木国は貧乏が結婚を断る理由にはならないと説得し、そのあとは順調に結納、挙式のはこびとなった。

「妹」連作の中の〈手花火に妹がかひなの照らさるゝ〉などは、ようやく話がまとまった婚約時代の波津女を詠んだ句で、幸せが滲み出ている。誓子は、自註に、妻の宰相山の家に行き、夜になって庭に出て、手花火を燃やして遊んだと記している。家族との縁の薄い誓子は、ようやく自分が家庭を持てることとなり、心の渇きから解き放たれる喜びに浸ったのではなかろうか。ところで「手花火」と言ったのは、「私が始めだと云われているが、果して然るか」とも書いている。

同年十月二日、大阪ホテルで結婚式・披露宴が開かれた。木国が仲人を務め、宴席のメーンテーブルには虚子の姿があった。虚子は披露宴挨拶の中に、誓子の二句〈住吉に凧揚げゐたる処女《をとめ》はも〉〈毘なめて童たのしも夏氷〉を引いている。ことに万葉調の成功例として、よく引用される作品である。虚子は「処女」とは誓子の憧憬の女性であり、「童」はやがて二人の間に生まれいづるものだと、若き二人を言祝いだ。だが、残念ながら誓子と波津女の間に、この「童」が後年誕生することはなかった。

扇風器大き翼をやすめたり　『凍港』

昭和四年作。部屋の天井の真ん中に据えつけられた巨大な扇風機を思い浮かべる。扇風機は回転しているときは、羽根がよく見えないが、停止したときはありありと羽根の形や色がわかる。勤務先の大型扇風機が、勤務時間終了とともに動きを止めたときを描いたのだろう。無機質な扇風機を素材としながら、そこには新鮮な詩情さえ感じられる。

三橋敏雄は、「扇風器」の「器」は「機」でもよいのにこう表記したのは、四枚の十字形の翼の形象化を試みたのではないかと推察している。そうだとすると、文字にこだわる誓子らしい配慮がうかがわれる。

この年、虚子は「ホトトギス」一月号の中で、「素十、秋櫻子、誓子、青畝（いわゆる四S）の中で純写生派と目すべきものは、素十一人」だと述べた。自分の唱える「花鳥諷詠」「客観写生」の実践者として、素十の存在を強く打ち出したのだ。

また同年、ホトトギス四百号記念、関西俳句大会が催され、その席上、誓子は杉田久女、橋本多佳子、藤後左右、平畑静塔らと会う機会があった。秋櫻子から素材の狭さを指摘され、近代的素材を俳句に取り入れる決意を固めたのも、この年だった。

結婚後、誓子は住友病院の看護婦養成所の講師を務めている。国語、英語講師として本社から出向し、住友林業所の労働課の調査係の仕事も兼務していた。その林業所の所長多田平五郎は、四高時代に西田幾多郎に愛された人物である。

捕鯨船嗄れたる汽笛《ふえ》をならしけり

『凍港』

昭和六年作。どこか寂しげな漁港の様子が浮かぶ。いまでは世界規模で反捕鯨活動が盛んになり、調査捕鯨を継続する日本と各国との間に大きな軋轢が生じている。だが当時は日本のあちこちの漁港で鯨が頻繁に水揚げされ、漁業で生活する人々を潤していた。

前年七月から誓子は白浜で静養していた。この句のほかにも〈捕鯨船狭き浦曲に汽笛ふけり〉〈横向きに浦繋りせり捕鯨船〉〈ひくき艫国旗なびけり捕鯨船〉などが同時発表作。誓子は自註に、「生を養っていた白浜の浦」に太平洋近海で漁をした捕鯨船が入って来たと記し、「艫の低い小船体であったが、仮りにも捕鯨船である。それなら もっと鋭い汽笛を鳴らせばいいのに、低くかすれた音を立てたのだ。それが私にはとても意外であった」と続ける。東大から住友に入社してエリートコースにあり、明るい将来を約束され、順風満帆で沖へ進んでゆくと思われた誓子は、思いがけなく病を被《こうむ》った。職場や句会からも離れ、さびれた海辺で身体を休めるばかりの毎日である。鬱屈した思いでいるところに、

「嗄れたる汽笛」が聞こえてきた。そのもの寂しさは、誓子の孤独感を深めている。さらに、海原を自由に回遊していた鯨が捕えられ、粗末な船に積まれて漁港に戻ってきたことに、身の上を重ね、深い哀しみを味わったのではなかろうか。

誓子は妻とともに二カ月間白浜に滞在した。費用は妻の父、啼魚が面倒をみてくれた。ようやく会社に戻ったときには、本社の幹部に人事異動があり、川田順が常務理事となって人事部長を兼務していた。誓子はすぐに川田に挨拶に行っている。川田はそれ以後、誓子をとても大切に扱ってくれた。このときも、誓子の二つの兼務をその場で直ちに解き、仕事の負担を軽くしてくれている。また、川田は周囲にも「会社の勤めさへ怠らなければ、あとは何をしようと各人の自由だ」と説き、誓子を擁護している。しかし、この特別扱いが「嫉まれる原因にもなった」と誓子は自伝に記している。職場には俳句の才能を認められて優遇された誓子のことを、必ずしも快く思わない人間がいたのである。

住友本社に勤務した源氏鶏太は、昭和十年頃を回顧して、重役室の並ぶ三階に「松の廊下」があり、「平社員の通り抜けは禁止」で「不気味な威厳に満ちていた」と書く。ところが、「たった一人の例外」が「平社員山口新比古氏」で、常務室に入る姿を何度も目撃し、「密かに羨望の感をいだいた」とある。鶏太は「一流の歌人俳人の立場」は対等だったろうと思ったが、そうでない社員も少なくはなかったであろう。

走馬燈青女房の燃やしぬる

『凍港』

昭和六年作。闇の底で妻が「走馬燈」に火を入れると、和紙に描かれた図柄と色彩がくるくると回る。「青女房」とは、宮廷仕えの若い女房のことで、蕪村に〈返哥なき青女房よくれの春〉がある。これを踏まえた上で妻を「青女房」と描いたのだろう。水底のように神秘的な「青」い闇にその姿が沈んでゆく。この青色こそ誓子の好んだ色彩であった。

この句を含む連作は、『凍港』に〈走馬燈青水無月のとある夜の〉〈深海に赤き魚《を》すめり走馬燈〉〈走馬燈青女房の燃やしぬる〉〈青海のめらめらと燃ゆ走馬燈〉とともに収められた。

誓子は町内の三光神社の夜店で「走馬燈」を買ってきた。「青海をいちめんに描き、真紅な深海魚が泳いでゐる図柄」の美しいものであった。「絶えず新しい顔をして現れて来る」魚や「ひっきりなしに続」く青海を楽しんでいるうち、中の蠟燭が傾いたのか、とうとう和紙に火が移り、「青海がめらめらと燃えた」のだ。このとき誓子が一番興味を示したのは、「青海が燃えた」という事実だった。海の炎上とは、現実ではあり得ない。矛盾したことにことさら心惹かれ、詩情を刺激される誓子の特質がよく表れていよう。

この年あたりから誓子は、セルゲイ・エイゼンシュテインの映画理論である「モンタージュ」に関心を持つようになる。エイゼンシュテインは、ラトビア生まれのソ連で活躍した映画監督で、「戦艦ポチョムキン」によってモンタージュ理論を映像化した。この理論とは、台本の言語的要素を映像に置換させる技法のことで、複数の視点の違うカットを組み合わせ、観客の感動を引き出す映像表現のことである。寺田寅彦は早々と映画芸術理論を俳句に関連づけ、『俳諧論』で「モンタージュは矢張取合せの芸術である。二つのものを衝き合せることによつて、二つの各々とはちがつた全く別な所謂陪音或いは結合音ともいふべきものが発生する。此れが、映画の要訣であると同時に又俳諧の要訣でなければならない」と述べた。エイゼンシュテインの理論は、芭蕉俳諧の取合せからの影響があったとも言われているが、寅彦はその理論に基づいて俳句作法上の解説を試みた。やがて虚子の写生論によって、この手法は忘れ去られていったが、誓子によって新たに注目されるようになったのである。

掲句の連作でも、「青女房」の横顔、深海の「赤き魚」、青い闇、夜の底の焔というようにカットが組み合わされて、美しくも妖しい「走馬燈」の世界が顕れている。

かりかりと蟷螂蜂の皃《かほ》を食む　『凍港』

昭和七年作。蟷螂が蜂をしっかりと鎌で抱え込み獲物の足掻きを封じながら、まずその頭から貪ってゆく。「皃を食む」が、残酷なまでにリアルだ。食べ尽くさんとする様子は情け容赦もなく、作者も極限の状況を追いつめている。

「虫界変」五句のうちのひとつ。一句目からショートフィルムを見るような確かな描写で状況を呈示し、時間経過に従って推移する蟷螂と蜂との生々しい関係が、みごとに映像化されている。

蟷螂の蜂を待つなる社殿かな
蟷螂の鋏ゆるめず蜂を食む
蜂舐《ね》ぶる舌やすめずに蟷螂《いぼむしり》
かりかりと蟷螂蜂の皃《かほ》を食む

蟷螂が曳きずる翅の襤褸《つゞれ》かな

後藤比奈夫は、のちにこの句を評して、「素材や構成には、私にとって心の疎むものが多い。畏怖に駆られるのはそのせいであろう」と述べ、誓子作品の特色について、一般読者の抱く印象を代弁している。

当時、誓子はほかにも「水族園」の赤鱝《えい》の句〈赤鱝の広鰭《はた》裏の黄を飜《かへ》す〉〈赤鱝は毛物のごとき眼もて見る〉など、多くの優れた連作を生み出している。この年、評論にも力を入れており、「現実と芸術」では、「映画に於ては『カメラの眼』によつて『現実』を見るやうに、俳句に於ては『十七文字の眼』によつて『現実』を見る」また「『写生』は『現実の尊重』、『構成』とは『世界の創造』」と述べた。「虫界変」の作品は、映像を克明に言語化すべしという誓子の論をみごとに具体化していよう。

さらに評論「連作俳句は如何にして作らるゝか」では、連作には二つの過程があり、第一は「個」の俳句の創作過程であり、第二は「個」の俳句のモンタアジュ過程であるとし、「感情の流れの世界」を描出する連作俳句は、「個」の世界と「全」の世界との共存共栄が実に麗しく実現されていると、連作の効果を強調したのである。

この年の重大事件として、秋櫻子が「自然の真と文芸上の真」を主宰誌「馬酔木」に発表して「ホトトギス」を離脱したことが挙げられよう。昭和初年度は、四Sの活躍と前後して、俳壇に多くの新人が競い立った時代であり、俳壇は活性化していた。「ホトトギス」にあって、秋櫻子、誓子らは、下五の字余り、切字の不使用、動詞の終止形止め、枕詞の応用、万葉調の活用など俳句の革新を盛んに試みていた。

ところが、新潟の中田みづほ主宰の「まはぎ」に掲載された、みづほと濱口今夜の対談『句修行漫談』秋櫻子と素十」（「まはぎ」昭和五年七月号）(註)が、翌年、「ホトトギス」（昭和六年三月号）にそのまま転載された。この対談の内容とは、主観を重んじて短歌的抒情を継ぐ秋櫻子の華やかな俳句に比して、素十俳句は器用ではないものの、虚子の指導理念に沿う客観写生に従った、対象の真髄を描く作品であるとの高い評価であった。客観的に読めば、秋櫻子と素十の作風の相違を確実に捉えているのだが、秋櫻子が自分の俳句を揶揄する論調と受け取っても仕方なかった。ここにきて積もり積もった不満が沸騰点に達し、秋櫻子はついに「ホトトギス」を去る決意をして、主宰誌「馬酔木」に「自然の真と文芸上の真」を発表し、虚子と袂を分かったのであった。秋櫻子の論による「自然の真」とは、科学に属することであり、文芸の上では掘り出されたままの鉱《あらがね》に過ぎない。それを鍛錬、加工したのが「文芸上の真」であるとして、客観写生句を排斥して、主観の浸透した俳句を打ち出した。これはすなわち反ホトトギスの意志表明であり、訣別宣言でもあった。

（註）「まはぎ」には素十が投句しており、この号の雑詠巻頭を〈蟻ゆくや小草ゝにつきあたり〉〈草を出て蟻大勢となりにけり〉などで飾っている。

スケートの紐むすぶ間も逸りつゝ　『凍港』

昭和七年作。スケート靴にしっかりと紐を巻きつけて足にフィットさせる。靴を履くのに時間がかかり、なかなか滑り始めることができない。すぐ氷上に立ちたい、という気持ちが先行するばかりで、指先が悴んでいるため、なかなか紐をきつく締められない。早く早くという高まる思いが、この句から生き生きと伝わってくる。

誓子は樺太に居たころ、豊原で「下駄スケート」なるものを得意としていた。ましてや「靴スケート」となるとはるかに楽で、すぐに上達した。勤務していた住友ビルから、スケートリンクが屋上にあったアサヒビルはすぐ近くだったので、勤めが終わるとよく出かけていた。当時を振り返って、「足にぴったり合っているその靴を穿いて、きっちり紐を結ぶ。そのときすでに、こころは氷上にあって、はずんでいる。まるで少年のようだ。私は昔の少年に帰ったようだ」と記している。

連作「アサヒ・スケート・リンク」十一句には〈スケート場四方に大阪市を望む〉〈スケートのをとこのにほひ濃かりけり〉〈スケート場沃度丁幾の壜がある〉〈月食の夜を氷上に遊びけり〉などがある。

三橋敏雄は、この連作の面白さは、第一句で場所を明示し、二句目からはスケートを楽しむ人々の様子を描写し、八句目の「沃度丁幾」の句に至ってふっと人影が消え、突然「壜」だけがクローズアップされる転換の効果だと指摘している。ここにも映画の手法を印象づける映像技法が用いられているのである。

第一句集『凍港』（昭和七年刊、大正十三年から昭和七年までの二百九十七句）の特色として、平畑静塔は、「一大浪漫悲歌集」かもしれず、齊藤茂吉の『赤光』の「形態を踏襲」したのではないかと述べている。また、新素材発見ばかりでなく、格調の高さに「もののふぶり」とでも呼べるべき句風があることにも言及している。実際、虚子選を経て編まれた句集『凍港』は、茂吉が左千夫の選により『赤光』をまとめたことにも通うものがある。

この年発表された誓子の評論「ホトトギスの人々とその主張」の中に、「『俳句精神』は根本的には『詩的精神《ポエジイ》』（非論理的な意味乃至感情の意味）に帰一するものであり、われわれは、十七字と季物とによつて、この『詩的精神』を打ち出さなければならない」「俳句的なる『素材』『用語』『表現様式』『趣味』を排除して、之等を新化することによつて、俳句の伝統を新化しようと企てる」との記述がある。その思うところを、これらスケートの連作はみごとに反映させているのである。

哈爾濱《ハルピン》の映画みじかし氷る夜を

『黄旗』昭和十年刊

昭和七年作。哈爾濱《ハルピン》は、かつてロシアに統治された中国の黒竜江省にある都市である。ロシア正教会の聖ソフィア教会などがあり、当時の面影を留めている。異国情緒豊かなこの地を訪れ、凍える体を温めようと、ふと映画館に立ち寄ってみた。上映された映画はまことに短く、館内も冷え冷えとして、靴底から寒さが這い上がってくる。とても映画に集中してストーリーを楽しむどころではない。背景には厳しい自然環境があるのだが、「哈爾濱《ハルピン》」の語や「氷る夜を」と言いさして止めたところで、詩情が漂う句となった。

誓子が哈爾濱《ハルピン》へ行ったのは、住友からの出張命令による。当時満州鉄道の幹部に三溝又三（俳号沙美）が居て、「ほかの者を寄こすより、誓子を寄こせ」と言ってきたという。そんな事情もあり、誓子は住友が鞍山で事業を興すにあたって「社員・工員の雇用、給与の状態を調査」するなどの目的のため、満州へ渡り自由に句作したのだった。

祭あはれ覗《のぞ》きの眼鏡曇るさへ　『黄旗』

昭和八年作。夏祭の人ごみの中に立ち、のぞきからくりの「眼鏡」に目を寄せる。「眼鏡」の曇りには、懐かしさとともにかすかな愁いも立ち昇ってくるのであった。

誓子は自註に「夏祭の店にのぞきからくりというのがあった。大きな、凸レンズの一眼眼鏡があって、それを覗くと、明るい画面が見え、場面はつぎつぎに変って、一つの芝居を見せるのだった。のぞき紙芝居だ」と説明している。さらに「眼鏡の曇りを見るにつけ、祭のもの悲しさが感じられた。遠い日の少年の感動が、よみがえって来て、この句が出来」たと綴る。少年の日の感傷が抒情味たっぷりに描かれている。

この年の四月、秋櫻子は、「馬酔木」の自選作品発表権を同人に与えている。何故かというと「馬酔木」は、連作俳句を積極的に推進している。ところが、もし雑詠欄が主宰制であると、主宰の判断で連作のうち何句かが削られてしまい、連作の意味が失われることとなる。その矛盾を解決するため、秋櫻子は自選作品発表権を持つ同人制度を設けたのである。そうすれば、作者は選を待たずに、当初の連作作品のまま誌上に発表できる。そして、それぞれの世界を追求し、個性を発揮できるのである。このような自由な文芸発表の場である「馬酔木」に、誓子はますます魅かれていたに違いない。

夏草に汽罐車の車輪来て止る　『黄旗』

昭和八年作。夏草が荒々しく生い茂り、猛々しいような草いきれが強い生命力を感じさせる。鉄路は青々とした草叢まで引き込まれ、煙を上げて入ってきた蒸気機関車が、大きな音を立てながら動きを止めた。車輪の巨大画像が眼に浮かぶ。

この句は連作「大阪駅構内」五句のうちの第一句目。誓子は「夏草と車輪、この二つのものを思って欲しい」と書く。このように、ものとものとの関係を描く俳句を実践的に説いていった。

平畑静塔は、この句を「誓子俳句を近代俳句の旗手として数えるに至った転機は、この一句から始まったと言っても過言ではない」と称揚し、「クールでドライでコンパクトで、それまでの植物的詠嘆の俳句を一気に鉱物質の堅牢無比なものに一変させた」と明言した。さらに誓子俳句の特色として「俳句素材の転換、風流詩観の百八十度転回・切字排除・散文的文脈重視」などを挙げている。

ラグビーの憩ひ大方は立ち憩ふ　『黄旗』

昭和八年作。ラグビーの試合中、選手たちはぶつかり合い、弾け合い、休憩時間となっても、肩で大きく息をしている。地面に腰を下ろし、脚を投げ出している者はまれで、「大方は」立ったまま体をほぐしつつも、気を許さずに次への戦法を確認し合っている。

誓子は、京都府立第一中学校に在籍中、「見かけばかりの骨格が物を云つて」と自ら謙遜しつつも、FWのウイングの役を担った。京都府立第一中学校は「関西」では「一、二と云はれるくらゐに秀才揃ひの学校」だったが、運動部の選手は「ぐうたらが多かった」。そこで、校長はスポーツにも力を入れることとなり、誓子は「蹴球部」の選手に指名されたのだった。誓子は当時の記憶を「見えわたる比叡の山脈を。寒く白つぽいグランドの砂地を。空に蹴り上げた楕円形の球を、風に流れるその球を。蜂のやうに黄と黒とのだんだらの、それも胸もとが破れ、汗臭くなつたユニフォムを」「タックルされんとする直前の擦り減るやうな感覚を。スクラム密集の中で傷ついた、肘や脛を。じけじけする更衣室のシャワアを――」と臨場感溢れる詩的な筆致で描いている。

掲句は「転びし肉体」の〈ラグビーの転びて地《つち》に跳ねかへる〉などの六句のうちの最終句。この連作の前には「相搏つ肉体」の〈ラグビーの野辺も稲城も狐色〉〈ラグビーの巨軀いまもなほ息はずむ《（全集ママ）》〉など八句がある。ラグビーは誓子の好む句材であり、昭和七年にも「ホイッスル」の〈ラグビーのジヤケツちぎれて闘へる〉など五句がある。これらの句を誓子は、「誓子のリアリズム」だと言い切っている。

第二句集『黄旗』(昭和十年刊、昭和七年から九年までの四百一句)の序文に誓子は、「黄旗は新興満州帝国の国旗である」と説明し、この句集は「川田順氏の激励によって格納庫から引き出され、満州国銀貨の紋様をその商号とする龍星閣主の熱意によって離陸した」と記した。最後に「私はいま黄旗をはためかしながら、爆音高く、俳界の上空を飛翔するのである」と意気軒高さを印象づけた。誓子が意気込みを顕わにしたこの句集だが、評価する者とそうでない者とに二分された。酷評した者たちは、句集の「半分は要らん」と言い放った。誓子の序文の挑戦的な調子がまず読み手の反感を買ったのだろう。ただし、感銘を受けた者も多かった。孝橋謙二のように「『黄旗』こそ新興俳句が世にほこるべき随一のもの」であり、芭蕉の『奥の細道』に比すべき、満州という新しい天地であると讃える者もあった。また、平畑静塔も「『黄旗』はまさに『ホトトギス』を離れて大きく羽ばたこうとして書き下ろした満鮮旅吟の作品集であり、昭和俳句の水先を案内した、一つの記念碑」と高く評価している。

『黄旗』の自序に誓子は、「私は定型俳句を、そしてその正統なる発展としての新興俳句を飽くまで守備し、この堡塁に最後まで踏みとゞまることを誓ふものである」と新興俳句運動の中の自分の立ち位置を明確に示した。俳句革新に意欲を示すものの、定型俳句の正統的な発展に寄与すべきだと、この当時からはっきり考えていたのである。

誓子自身は後年、『黄旗』を作ったときにしみじみ感じたのは、技術不足であり、「満州で受けた印象をその当時の私の技術では抑え込めなかったのですね。フーフーいいながらあの句集を作りました」と明かしている。

昭和十年、「馬酔木」四・五月号の二回に分けて秋櫻子は『黄旗』の評を執筆している。秋櫻子が『黄旗』の校正刷りを見たところ、誓子は赤インキで一旦刷られたものに手を加え、さらに句を作っては書き込んでいた。その事実を認識して、「二百余句の創作にどれだけの無理を敢えてしたか」、「むしろ悲壮な感慨を抱」いたと打ち明けている。この秋櫻子の『黄旗』評のタイトル「はためく『黄旗』」は、「馬酔木」の編集に貢献していた石田波郷の考案だった。波郷は戦後「現代俳句」の編集長として第二芸術論に対する反論などを特集したが、そのような編集者としての才覚は当時から発揮されていたのである。

螢籠むしろ星天《せいてん》より昏《くら》く

『炎昼』昭和十三年刊

昭和十一年作。螢狩をして捕えた螢を繊細な竹籠などに入れて、光る様子を眺めている。すると、その頼りない螢の輝きは「星天」よりさらに「昏」く感じられた。螢火はもともと寂しい光だが、「星天より昏く」と描くことによって、作者の内面の哀感も滲んでくる。掲句は、「ひと夜」の〈螢火と天《そら》なる星と掌《て》をこぼれ〉〈螢籠極星《きよくせい》北に懸《かか》りたり〉など八句のうちの四句目。星も螢も、誓子の好んだ素材であり、各句集に繰り返し詠まれた。

この句が作られた前年の昭和十年は、誓子にとって大きな変換の年であった。「ホトトギス」の消息欄に載った虚子の言葉「俳壇の現状を眺めていると曾て一度あつたことを繰り返さねばならない」を、誓子は自らの活動である新興俳句への批判と受け止め、「ホトトギス」脱退の意志を固めた。そして秋櫻子、高屋窓秋たちの要請を受け、「馬酔木」参加を決めたのであった。このとき誓子は、「馬酔木」（昭和十年五月号）に「僕の射撃の修練には『馬酔木』の射撃場が最も好適」だと「射手の挨拶」を書いている。だが、このことが「ホトトギス」の中村草田男や松本たかしたちの不興を買ったようだ。秋櫻子が「ホトトギス」を離脱したことには潔さもあったが、誓子は比較検討の末、有利な結社を選んだという印象が残ったのが、どうやらその理由らしい。

誓子はこれで「ホトトギス」と決別したと思っていたが、木枯の指摘により調べてみると、確かに依然として「ホトトギス」同人であり、除名にはなっていなかった。その理由を三橋敏雄は、「雑誌運営していないから」と、端的に木枯に言った。秋櫻子のように主宰誌を持っていたら、虚子の態度も違っていたかもしれない。健康不安もある誓子は、雑誌運営には力を使わないで、実作に集中したかったというのが実情のようだ。

誓子の「射手の挨拶」が掲載された昭和十年「馬醉木」五月号に、秋櫻子は「喜び迎へて」を発表し、手放しの嬉しさを「三年あまりの間、離れた俳句陣中にゐた私達は心の中でふかく相信じてゐたから、所属のへだてをあまり問題にしてゐなかつた。(中略)定型俳句はひとたび危く芸術の壇上より転落せんとした。(中略)友を加へて完成に強靭なものとなつた。道は険なりと雖も全軍相いましめ、四隣の盟友と呼応して進めば目的は必ず貫徹せられるであらう」と表現している。

大変な信頼の表白である。この言を証明するように、この年の八月号から誓子の選である「深青集」が設けられ、誓子は選評、随筆と活発な活動を開始している。

だがこの年、「馬酔木」の新鋭であり、新興俳句のニューリーダーと目されていた高屋窓秋が、同誌五月号に「別れの言葉」を掲載し、突然同人を止めてしまった。無季をも辞さないという俳句への態度が、秋櫻子の行き方と食い違い、また、プロレタリア思想への弾圧を怖れて満州へ渡ったからだ。こうして、誓子の参加、窓秋の脱退という事実は、「馬酔木」の俳壇における立場と方向性を如実に表した出来事だったと言えよう。

誓子は「射手の挨拶」に、「所謂新興俳句運動は、既に堤を決して流奔し、俳壇の旧山河は悉くその氾濫の下に没し去つた」と記したように、新興俳句活動は隆盛を極めていた。その中核となったのが「馬酔木」や吉岡禅寺洞の「天の川」であった。だが、リーダーの「馬酔木」は、この当時は、革新性を目指して先端を行くというより、季語重視の伝統性を墨守するよう、伝統遵守の舵を保っている。

このように昭和十年は、誓子の俳句活動の大きな転換期であり、身体的にも危険な状態に陥った年でもあった。四月には急性肺炎で重態となり、医師の必死の治療のおかげで、ようやく死地を脱している。そして六月から十一月までは芦屋に転居し、療養生活を送っている。この年は、俳句、健康面において、大いなる苦渋のときだったのである。

『炎昼』の編集後記に、「私は病床から『馬酔木』に加盟した」だが「熱の高い病気に仆れ、やがて回復してゆくその過程にあつて、私が如何なる感情の擒《とりこ》になつたか」との、闘病の様子は、「回想の手袋」「雲と春日」「晩春肺炎」の〈手袋の十本の指を深く組めり〉〈雲隠《がく》る日もまぶしくて木々芽ぐむ〉〈大いなる熱春日《しゅんじつ》に暈《かさ》なせる〉などに「審か」にされている。

ほかに、「われ蜥蜴を愛す」の〈蜥蜴照り肺ひこひことひかり吸ふ〉〈するすると岩をするすると地を蜥蜴〉〈巌の間《ま》の蜥蜴が魚のかほをする〉などでは、療養中の身近な対象、特に蜥蜴が気に入って目を注ぐさまが思い浮かぶ。

ピストルがプールの硬き面《も》にひびき

『炎昼』

昭和十一年作。スタート合図の「ピストル」の音が、あたりに響き渡り、いっせいに泳者たちの脚はコンクリートのスタート台を蹴って、水面に呑み込まれていった。数メートル先に肩が見え、白い飛沫が上っている。あたりにはピストルの音の余韻が漂う。

この年、誓子はようやく職場復帰した。「ダイヴィング」は「会社の水泳大会所見」である。掲句は〈ダイヴァアの頭《あたま》ずぶ濡れて浮きいづる〉など五句のうちの最終句。自註に「プールの水面が鉱物性の硬さを持っていると感じた」と記す。これら連作五句も、水泳のシーンを時間の推移に伴い、視聴覚を研ぎ澄ませて的確に捉えている秀句と言えよう。

西東三鬼は後年「京大俳句」に句評を書いたとき、それまでこのような句は全然なかったこと、また、メカニックな快感という点で、当時の青年の普遍的な快感であり、戦前の句の頂点をなす句であると絶賛している。さらに、俳句が現代のものになったのはこの句あたりからで、「こういうエスプリの俳句の影響が俳壇に相当あって、こういうところから俳句が分かれて」いったと指摘した。作家の横光利一も掲句を支持し、とても褒めたという。それは作品の感覚に絞った、強い張り切った精神を讃えたからではないかと三鬼は分析している。

煖房車つめたき窓を子が舐《ね》ぶれり

『炎昼』

昭和十一年作。効きすぎるほどの「煖房車」で、外を眺めていた子供がすっかり飽きてしまい、そのうち窓ガラスを「舐《ね》ぶ」り始めた。窓の冷たさがどうやら舌に心地良いらしい。子供はしだいに舐めることに熱中してゆく。窓外の景色、室内の情景がくっきり浮かび、窓の冷たさを舌の触感によって、読者にも追体験させるところが面白い。

「煖房車」の〈煖房車荒涼たる河をわたりたり〉の初句に続く第二句目であり、ほかには〈煖房車枯野見てゐし子は睡《ねむ》れり〉〈煖房車窓ぎつしりと雨著けたり〉など七句で構成されている。ショートフィルムを見るような視覚的展開が新鮮である。

枯《かれ》園《ぞの》に向《むか》ひて硬きカラア嵌《は》む　『炎昼』

昭和十二年作。気の向かない会合か仕事にでも出かけるところだろうか。枯れ果てた庭があり、その枯れを目の当たりにしながら、「硬きカラア」をしっかりと「嵌」めている後姿が見える。荒涼たる「枯園」は、あたかも心象風景のようだ。句の「か」音の重複は、枯園を吹き渡る風の乾いた音と「カラア」を身につける軋み音となって響き合う。

宝塚ホテルで作られており、「当時は、激務深更に及んで帰宅する日がつづいた」とある。病気のため長期療養した翌年には、過酷な勤務が待っていた。「枯園」には〈ホテルの部屋厚き硝子に園枯れたり〉〈部屋の鍵ズボンに匿《かく》れ枯園に〉がある。

句集『炎昼』の特色として連作があるが、この年も多くの名句が生まれている。「十二神将」の〈さくらを吹き且つ神将を吹きとほる〉〈この神将さくら照る扉に聳《た》ち向ふ〉、「夢殿」の〈春の暮殿《との》を扉ひらく地鳴《ぢな》りする〉〈春の暮障子の白光殿《びやくくわうとの》にさす〉、「中宮寺」の〈雨蛙黒き仏の宙に鳴く〉などは秋櫻子によって高く評価された。句集序文に秋櫻子は、四章に亘って誓子作品の特色と魅力をたいへん熱心に概観している。

連作「海岸通」の、〈熱風に喪服の短衣《チヨツキ》脱ぐことなし〉〈事務机遺《のこ》れり灼けて港埠あり〉は義父啼魚逝去に際して作られた。誓子は句集巻末の「編集後記」に、「急逝を弔ふ詩である。もうこれ以上は書かない。これだけでも、私の泪の栓はゆるみかけてゐるのだから」と義父の突然の死を悼んでいる。金銭的援助ばかりでなく、精神的な支えとなった啼魚の急逝は、肉親の縁薄い誓子に深い喪失感をもたらしたのである。

昭和十二年七月、日本と中国両軍の間の軍事紛争である盧溝橋事件が勃発し、九月には国民精神総動員令が公布され、挙国一致の戦闘態勢が強化されることとなった。俳人にも徴兵令状が来て、長谷川素逝、片山桃史、富沢赤黄男、橋本夢道らが戦地に送られて行った。戦場の緊迫感を詠んだ素逝の句〈雪の上にうつぶす敵屍銅貨散り〉（「ホトトギス」昭和十三年発表）などが当時話題になった。

これに対して、戦地にあらずとも、戦争という過酷な題材を描けるのは無季俳句であるとして、三鬼らの「戦火想望俳句」が一時盛んになった。三鬼は「青年が無季派が戦争俳句を作らずして誰が一体つくるのだ？　この強烈な現実こそは無季俳句本来の面目を輝かせる絶好の機会だ」と断言して、戦争の情景を鮮やかに描いていった。また誓子も、季語を盛り込まなくても戦場を描ける「新興俳句」にとって、これは千載一遇の機会であると評した。さらに無季俳句には無季俳句としての新表現があり、今後は単なる継承に終始せず新生面を拓くべきだとも主張した。誓子自身は季語を決して手放さなかったが、確かに季語を排して自在に素材を描写できる「新興俳句」推進者たちは時代の寵児になり得るべき好機であった。だが想像で戦地の状況を俳句にするのは不謹慎であるとの世評が強くなり、批難の声さえ上がるようになった。のちに新興俳句が弾圧を受けるより以前に、自ずと「戦火想望俳句」は姿を消してしまっている。

夏の河赤き鉄鎖のはし浸《ひた》る

『炎昼』

昭和十二年作。真っ赤にペンキで塗られた「鉄鎖」が、川岸から垂れ下がり、水中にその「はし」を浸している。あたりには「夏の河」の臭気がうっすらと漂い、波は淀んだ水の色をひたすら先へと運んでゆく。まことに無機質な情景描写ではある。だが、その背後のただならぬ気配に読者は魅せられるのである。三鬼が、誓子俳句の中から一句だけ選べと命じられたら、たちどころにこの句を挙げると明言した理由がよくわかる。また、山本健吉も「見捨てられた不気味な風景をとらえた作者の詩情は鋭い」と高く評価している。

ところが、「赤」の語が、共産主義を思わせて、当局の神経に触れたというのだから、さまざまな意味で記憶に留めるべき作品である。

「夏の河」五句は次の通りの構成となっている。

夏の河赤き鉄鎖のはし浸《ひた》る

暑《しょ》を感じ黒き運河を遡《さかのぼ》る
文撰工鉄階に夏の河を見る
夏の河地下より印刷工出づる
活字ケースともれり夏の河暮るる

まず最初に、「夏の河」に垂れ下がった真赤な「鉄鎖」がクローズアップされる。さらに蒸し暑い中、黒く濁った「運河」を重々しい足取りで辿る後ろ姿。次に工場の「鉄階」にもたれて、河の濁りを見つめる、まだ年若い工員の横顔。続いて地下から顔が現れて徐々に全身を曝す「印刷工」のシルエット。最後に印刷の「活字ケース」だけが灯にくっきりと浮かび上がり、あたりの景色や河が闇に沈んでいく光景。これら映像の推移は、あたかもフィルム・ノワールの世界である。発表当時、これらの句は多くの俳人から絶賛された。中でも高屋窓秋は、「赤き鉄鎖」よりも「印刷工」の句を殊に認めていたという。

誓子は自註に『夏の河』は、大阪市内を貫流する淀川である。淀川は中の島で、二つに岐れるが、又合一して安治川となる」とし、「製鎖工場で造られた」「朱塗りの鉄鎖は、工場の地上に長く横たえられ、そのはしが安治川に浸っている」と解説している。

後年、金子兜太がこの句には思想が欠如していると批判したのに対して、西東三鬼が、

「この作品に思想がないというのは、金子兜太に睾丸がないというのと、同じ位にまちがっている」と反論したこともよく取り沙汰された。

句集『炎昼』（昭和十三年刊、昭和十年から十三年までの四百三十句）について、平畑静塔は「ホトトギスでは遂に成就されることのなかった手法が、新しい俳句の分野に実行」されるようになり、「俳句そのものの方法の新化」が芽生えて、「構成の手法が最大の眼目となる。映画のモンタージュを活用した衝撃の手法が、連作での実験をへて構成に至るまでに磨かれて行った」と高く評価している。〈枯園《かれぞの》に向《むか》ひて硬きカラア嵌《は》む〉〈ピストルがプールの硬き面《も》にひびき〉〈夏の河赤き鉄鎖のはし浸《ひた》る〉の三句を抽いて「誓子俳句をかたろうとするのは、故人西東三鬼以来の常套手段であるが」と前置きした上で、誓子俳句の独自性を「絵画的構成と云うよりむしろ彫刻的構成というべきで、今までの俳句が二次元であったのが、三次元の空間となって、立体感を充実させているのは確かであるが、その上に近代人の鋭敏で刃物のような神経の次元と云う第四次の空間がプラスされているから、そこに彫刻的な構成になってくるのである」と分析した。

静塔の「彫刻的な構成」の指摘は、確かに正鵠を得ていよう。誓子の連作からは、平面的な映像と言うよりも、立体的な奥行きある空間を感じさせられる。遠景の「枯園」に対して、近景の人物が「カラア」を嵌《は》める動作。次の「プール」では、泳者の水しぶきが近くに上るのに対して、遠景の水面の長方形の広がりやプールサイドの人々のざわめきまで伝わってくる。特に「夏の河」の連作は、前面の河の水平の流れに対比して、四角い工場が強く立体を感じさせ、生々しい空間性を創出している。こうした立体構成のみごとさは、『炎昼』の特色であり、当時の俳壇の注目を浴びた。

素材の開拓を常に念頭に置いていた誓子は、時代に目を注ぐことも決して忘れなかった。『炎昼』には当時問題になっていたルンペンを詠んだ、「河の畔りに住みつける人々」の〈凍《し》むあさの臥処《ふしど》を起きて露天なり〉〈放浪の焚火を夜《よる》の燈《ひ》となせり〉などがある。貧乏を糾弾する社会性俳句のさきがけとも言えるこの連作は、大阪府庁の特高課などに牽制されたが、のちに誓子はただの風景として描いたもので、思想的裏づけは特にないと弁明している。「自叙伝」に「私が住友本社の労働課や人事課に勤務して、赤を取締まる係であることをよく知つてゐるから、その私を赤として取調べたりはしなかつた」と記している。たしかに大企業の労務担当の誓子に、当局は手出しできなかったようだ。

このような時代背景の中、新興俳句活動のリーダーシップを担っていた「馬酔木」の秋櫻子や誓子だったが、昭和十一年には、新興俳句の中でも従来の有季定型俳句を否認して、超季感の立場から勝手に有季、無季を使い分ける俳人たちを、伝統の何ものにも寄与しないと痛烈に批難した。そして、「歴史的所産が歴史的所産として終わることなく、今日の詩としても充分存立し得るかどうかを実践的に究めつくすこと」が肝要であるとし、俳句革新を目指しつつも「有季定型」遵守することを明言したのである。こうして吉岡禅寺洞や日野草城たちの新興俳句運動ときっぱり一線を引いたのであった。

秋風に舌を扁《ひらた》く児が泣けり

『七曜』昭和十五年刊

昭和十三年作。秋風が吹き通い、あたりのものが枯へと傾く中、幼い子供が口を大きく開けて泣いている。のぞいた舌の「扁」いとの描写がみごとだ。

「秋風」は、古来、秋のもの悲しさを際立たせる言葉であり、和歌よりの伝統をたっぷりと受け継ぐ情緒豊かな季語である。芭蕉の〈猿を聞く人捨子に秋の風いかに〉は漢詩の世界の悲愁を俳諧にもたらして、さあ、あなた方はなんと聞くのかと問題提起したところに新しさがある。芭蕉は、揚子江の断崖に啼く猿の声に、旅愁の涙を絞った杜甫ら中国の詩人たちに問うかたちで、場所を富士川に転じた。きいきいと啼く猿に対して、啼き声を上げる捨子を配し、その子に吹き渡る秋風の悲痛さはいかがかと問いかけた。誓子はさらにそれらの背景を承知の上で、「秋風」に取り合わせて、泣く子供を配し、さらにその子の舌に焦点を当て、リアリズムで押し通して一句を仕上げたのではなかろうか。

愛憐《いと》し児が毛糸の襯衣《シャツ》を手首にす　『七曜』

昭和十三年作。ちょっぴりだぶだぶな毛糸のシャツに袖を通したところ、手のひらにまでシャツが被さっている。思わず抱きしめたくなるほど愛らしい児を、誓子が手放しで「愛憐し児」と呼んだ率直さを親しく思う。

誓子は「川田順氏がよくこの句を褒めて下さった。『誓子君、こうだろう』と、シャツが手首のところまであることを手で示されながら」と自解する。掲句は、甥を描いており、「扁《ひら》く」とともに、「嬰児」に収められている。〈秋風が通るに嬰児片眼をあき〉〈家に抱かれかそけく白き息をする〉なども、甥の様子をつぶさに観察し愛情を籠めて描写している優しさ溢れる句である。

甥とは波津女の妹の子供であり、名付け親であるべき外祖父啼魚が亡くなっているので、誓子が「その大役を引受けた」のである。「岬」という名にようやく落ち着いたが、「岬」すなわち「崎」の典拠となったのは、左千夫の歌〈春の海の西日にきらふ遥かにし虎見が崎は雲となびけり〉であった。「あんまりいい歌ではないなどと生意気なことが云へるやうになつてくれ」と、幼い甥への愛情深いエールで文章を結んでいる。

昭和十三年の座談会「現代俳句を中心に」で、誓子は草城、嶋田青峰、皆吉爽雨らと議論を展開している。誓子の主な発言として、①芭蕉の俳句で感心する作品は常に詩を含んでいる、②意識的な構成がしっかりできているのは連作、それが緩やかなのは群作、③戦争に於ける国民的感激を直に摑んで来て表現するには無季俳句が一番有利、などが挙げられる。

昭和十四年発表の「現代文学と俳句」で、誓子は、季題趣味という閉塞的な状況は俳句を衰えさせるものであり、その打開策として①「芭蕉の認識に従つて、俳句を『季感の文学』として観念し直す」こと、②「『人間』を引つ込めずに、『人間』を引き入れ、俳句を『人間と季と交渉する文学』として観念し直すこと」が肝要であると述べた。さらに③「新興俳句」の中の無季俳句運動には「無季容認」と「超季感」があり、いずれも「自ら詩となることによつて、文学と同伴せんとする積極的な運動」として評価しつつも、「新興無季俳句の自己批判は、形式批判とともに、これからますます深刻な場面に直面せざるを得ない」と明言した。最後に④「戦争俳句が、戦争のなかから真の自己を発見することが出来た」ならば、「戦争が俳句に与へた重要なものの一つとなるであらう」と記す。

この年、岩田潔が「俳句研究」一月号に発表した「誓子論」には、秋櫻子と誓子の相違が述べられている。秋櫻子が古典的（典雅・明朗・清澄）なのに対し、誓子は浪漫的（怪奇・混沌・憂愁）なのが特徴として挙げられ、作品傾向が本質的に対立する作家であることが指摘されている。さらに、誓子作品の遠心的な広がりに触れた上で、「求心的な方向が必要であり、「感覚の鋭敏さにのみ頼らず、心の行方を追ひ求めつゝ、質素な詩形を有効に生かすべき」だとの提言もしている。のちに病と時代の閉塞感の中で、身近な対象のみを凝視するようになった『七曜』以降の誓子の句業を予見したような岩田の評であった。

昭和十四年の俳壇史上の重要事項としては、人間探求派の登場が挙げられよう。当時、「ホトトギス」の中村草田男、「馬酔木」の加藤楸邨、石田波郷、「石楠」の篠原梵らは、結社を超えて活発な作句活動をしていた。「俳句研究」の編集長山本健吉は彼らを座談会に招き、共通して志向するところは、人間性の回復、人生を探究する思いがあることから、「人間探究」という言葉が導き出され、それ以降彼らは「人間探求派」と呼ばれることとなった。日中問題を契機として軍備に傾く不安の時代、俳句を作るならば人間以外には考えられないとする彼らの姿勢は、特に若者たちから強い共感を得た。

夏雲の壮子時《をさかり》なるを見て泪す

『七曜』

昭和十五年作。むくむくと力強く湧きあがった「夏雲」を仰いだとき、思わずその生命力に圧倒され、気づくと涙を滲ませていた。作者の素顔が垣間見られる。この句とともに、「伊豆」には、伊豆川奈に療養していたときの句〈双眼鏡遠き薊の花賜《たば》る〉〈炎ゆる海わんわんと児が泣き喚き〉〈プールの中に尖塔影を衝き入るる〉などがまとめられている。

誓子の随筆「雲の峯」には、この夏雲は「生きる力に満ちて、いかにも逞しく見え」「雲の青年期を感じた」とある。「病気のために気の弱くなつてゐる私は、いつしか四十に達してゐたわが身をかへりみて、すでに青年期の去つたことを」思い知った。こうして、いつ回復するかもしれぬ病を案じて、人知れず涙をこぼしたのであった。

誓子は「壮子時《をさかり》」は、万葉集の柿本人麿集に出てくる字を思い出して作り、雲の峯は「まるで黄泉の国の雲をみてゐるやうで」「海界《うなさか》は日々に鋭くなり、それを見る眼が切れるかと思はれた」とも綴る。誓子は死の予感を必死に振り切ろうとしていたのである。

塚本邦雄は『百句燦燦』にこの句を取り上げ、「慟哭を咽喉元で堰き止めて端正な姿勢を決して崩すことのなかつた男が、ある時潸然《さんぜん》と不覚の涙を流す様はうつくしい。但しそのうつくしさを持つ者は稀である。男は憤怒の相を以て美の第一とする。流涕は醜く微笑は奇怪である。誓子は絶えて哭くことはない。怒りをあらはにすることもみづからに禁じてゐる。彼はひたすら憂悶に堪へ耐へて来た。そしてその表情の翳りさへ句の奥へ奥へと秘め、時としてポーカー・フェイスと見紛はれることも尠しとしなかつた」と記した。

このように、幼い時から忍耐を自分に課したと表明する誓子の無表情な仮面の下に潜む、滾り波打つ感情の激しさを邦雄は察知していた。邦雄は、誓子の第一句集『凍港』、第二句集『黄旗』を「初心のときめきが漣立つ。俳諧に凝縮結晶する一歩手前の短歌調が抑へた悲喜哀楽をかろやかに流す」と評し、続く第三句集『炎昼』を「かつて三鬼が『夏の河赤き鉄鎖のはし浸る』一句に戦慄し、終生誓子に帰依するにいたる端緒となつただけでもこの句集における変容は記念に価しよう。しかしまだリリックが根を絶つたわけではない」と、非情と抒情の混在する句集の特色を指摘した。さらに第四句集『七曜』の句〈血潮濃き水にしなほも鰤洗ふ〉の冷徹なる眼差しが、のちの作品〈鶫死して翅拡ぐるに任せたり〉（『晩刻』）や〈寒葬《かんはふ》りはや散ずべきとき至る〉（『青女』）などの源になっていることにも言及している。そして邦雄は俳人としての誓子の特質を次のように分析している。

死すら彼は情を以て迎へることなく意を隔てて対した。死を物として扱ひ儀式として遇することによつてのみ彼の句は辛うじて立つ。人はそれを非情と称する。しかし萬斛《ばんこく》の涙をこらへて孤立する姿は号泣に身を委ねる姿を凌ぐ。俳句とは怺へに怺へてしかも放たぬ詩であることを誓子は誰よりも速く敏く体得した。

人は誓子の俳句を非情、またメカニックと呼ぶ。物は物として描き、感情の湿りを排して、ひたすら冷徹なまなざしを据えた作品を展開する誓子の句風は、近寄りがたい青光を放っている。だが、誓子の生い立ちを知り、その境涯とともに初期作品からずっと寄り添うように鑑賞してゆくと、もともとは抒情的体質であり、感情過多な己を抑え込もうと、自らを律している横顔がほの見える。邦雄が指摘する通り、対象の死を描写するときも、誓子は「情を以て迎へることなく意を隔てて対した」ように感得できるが、『炎昼』の「編集後記」にあるように、義父の急逝に遭って涙をこらえ切れなくなるという、嘆きの吐露こそが、実は誓子の本質ではなかろうか。

一夏の詩稿を浪に棄つべきか　『七曜』

昭和十五年作。創作活動をいったん中止して大切な「詩稿」をいっそ海に破棄してしまったほうがよいのかという激しい葛藤をぶつけた句である。

伊豆川奈から箱根強羅に移り、「箱根山中」「続箱根山中」が詠まれる前のころ。やりどころのない怒りや諦念、戸惑いがこの句から立ち昇ってくる。その背景には、俳壇史に特記すべき、京大俳句事件がある。この年五月、三谷昭、石橋辰之助、渡辺白泉らが検挙され、八月には西東三鬼が検挙されている。

昭和六年、秋櫻子の「ホトトギス」離脱から始まった新興俳句運動であるが、秋櫻子は昭和十一年あたりから有季遵守を主唱したため、運動の主流は無季推進派に移行してゆく。さまざまな方法論や詩表現を導入した新興俳句推進者たちは、戦争でさえも句の対象とし、ついに自由主義者として当局から弾圧を受けるに至った。昭和十五年、「京大俳句」はじめ、新興俳句運動の主力誌である「広場」「土上」「天香」などの関係者も、時の治安維持法違反として一斉検挙され、とうとうこれらの俳誌も終刊に追い込まれてしまった。

そのような権力による厳しい弾圧が迫り、誓子も身の危険を感じていた。その上、体調も思わしくなく、ついつい悲観的になって「棄つべきか」と心情を吐露したのだろう。

この前の「夏雲」の句で思わず落涙したのも、川奈に移る前に大量検挙の事実を知っていたゆえの感情の昂りだったかもしれない。

ひとり膝を抱けば秋風また秋風　『七曜』

昭和十五年作。家人の気配のない、秋風の吹き渡る縁先で、庭の木々や草々の震え、虫や小鳥など、往来する小さな動物たちのささやかな動きに目を止めている。膝を抱え込みながら、秋風のただ中にたった一人でひとつのかたまりとなっている自分に気づく。寂寥の思いを誘う風がひたすら作者を包み込む。

この句の自註には、「私のこころを強く衝撃したことがあった。私はその衝撃に打ちのめされずに、自分自身を支えようとして、膝を抱いた」とある。

俳句では怺えに怺えていた感情を、散文ではあっさりと表出してしまうところに、誓子の脆さが透けて見える。「膝を抱」いて自分を防御し、繭籠る態勢を保って堪えている様子を俳句にするとき、誓子は決して感情を露出させない。ところが自解には、脆くも人間くさい葛藤を露呈させてしまう。韻文と散文の特色の相違がくっきりと現れていよう。

ただし、この背後には、単なる個人的な創作の悩み、健康に関する悲観ばかりでなく、官憲からいつ捕えられるかわからないという圧迫に対する危機感がある。「こころを強く衝撃したこと」とは、京大俳句事件に始まった、俳句弾圧を指していよう。それら全ての思いを抱えて押し潰されそうな状況の中で、誓子は必死に膝を抱いて堪えていた。

「宰相山」にはほかにも〈夏を痩せ棚高き書に爪立つも〉〈蟬のこゑ胸元《むなもと》浸《つか》る思ひする〉〈蟬の尿《しと》燦たりけふの日を飾る〉などが収められている。

蟋蟀が深き地中を覗き込む　『七曜』

昭和十五年作。地面にぽっかりと穴が空いている。なんの変哲もない穴だが、その穴の縁に止まって、蟋蟀が暗い底を覗いている。それまで鳴いていた寂しげな声をひそめて、いっしんに蟋蟀が覗く暗がりは、蟋蟀自体を引きずり込みそうだ。この句は、単に「穴」ではなく、「地中」を覗き込んだと表現して、普遍性を獲得している。この句は、誓子の句風転換、自照の深まりを示す作品として、高く評価された。

誓子は、過去の三句集において、さまざまな新しい素材を開拓してきたが、この数年、病状悪化のため静臥を余儀なくされ、可能なのは身近な対象に目を注ぐことだけとなっていた。しかも弾圧への怯えが背中に張りついている中、必然的に卑近な対象を描くことしか許されなくなる。しだいに暗い声を上げる蟋蟀と自分が一体化してゆく。蟋蟀はじめちっぽけな動物との交感があり、そこに内省の深みの反映した作品が数々登場する。

身ほとりの小動物は、誓子の俳句にとって、愛すべきモチーフとなるが、中でも「蟋蟀」の句は、〈蟋蟀のこゑのみ溝にはなにもゐぬ〉〈蟋蟀はきらりとひかりなほ土中〉など数多い。このように、蟋蟀は誓子の好んだ句材であり、翌昭和十六年には、随筆「蟋蟀など」に詳しく「蟋蟀」について触れている。日本の詩歌に詠まれる蟋蟀は哀切極まりないものであるが、ゴッホの書簡集に「蟋蟀のやうに愉快に」という表現を見出して吃驚し、「哀切」と決めつけるには、常識的な既成概念にとらわれすぎたのかもしれないと思い、日本の詩歌を見直してみた。すると万葉集に〈蟋蟀の待ち歓べる秋の夜を寝《ぬ》るしるしなし枕と吾は〉の愉しそうに鳴いている蟋蟀を発見し、誓子は「実に饒かな気持になり、すっかり嬉しくなってしまった」のであった。こうして蟋蟀はますます誓子にとって親しい生きものとなり、誓子の孤独や不安、発見の喜びなど、明暗双方に寄り添う句材ともなった。

ただし、後年、読売新聞に、当時の「日本は戦意の高揚をやかましくいって、戦意をにぶらす一切のことを忌みきらった。私の、このコオロギの句なども、暗い句として非難され、私は要注意の作家と目された」と書いたように、内省の色濃い作風を危険視する人間も少なくはなかったのである。

山本健吉は、「昭和三、四年ごろまでを誓子の青春期とすると、続いて近代俳句の旗手としての素材拡張時代となり、この箱根時代から遠心的な外界よりも内面的な心の裡にレンズの焦点を当て出した第三期の開始となる」と解説している。

愉しまず晩秋黒き富士立つを　『七曜』

昭和十五年作。肌身にしみて大気の冷えが感じられ、季節は否応なしに冬へ移行しようとする「晩秋」である。富士山の後ろから日が差し、光の中で富士山がバランスのとれた三角形のシルエットとなり、真黒に浮かび上がる。美しい富士の姿を見ても、弾圧の怖れという、心の重圧によって、誓子は少しも慰められない。

小田原に住んでいた三橋敏雄は、この富士山の景を素晴らしいと木枯に語ったという。また、敏雄は、のちの「天狼」の誓子追悼号に、この「黒き富士」こそ、「ファシズム日本」の暗喩として働く、と書いた。狂気の体制下に、この一句を記して句集にまで収録したところに誓子の「抵抗精神」があり、その志を尊敬してやまないとも述べている。

療養先の箱根強羅で詠まれた「続箱根山中」の〈銀河夜夜熟睡《うまい》の部屋に鍵さざず〉〈こころ吾とあらず毛糸の編目を読む〉に続く作品であり、ほかには〈蟋蟀の啼くゆゑ草木瞭《あき》らけく〉〈蟋蟀の一途なるこゑ水にしむ〉などがある。

誓子は、伊豆、箱根と療養先を転々とするものの、自然の中に身を置く効果はなかなか現れず、悪化を繰り返して心ならずも安静を続けねばならない。さらにどんな嫌疑をかけられるかもしれないため、評論に集中できる状態ではない。

だが、そのような状況下でも、無難な内容の随筆はぽつぽつと各誌に発表している。「書物展望」七月号に発表された「校正の話」に、住友での校正の仕事を「案件が上司の決裁を得て、それを関係の諸会社に示す場合は」「起案用紙の一隅にある校合欄に捺印して、責任の所在を明らかにする。」「校合者の意識は極度に緊張し、集中するのである」と説明し、「校正とは意識の火で焼き浄めることである」との名言を記している。さらに上司、川田順のことを「和子夫人を亡くされてから、頭髪《かみのけ》などもすっかり白くなってしまはれたが、創作の欲求はますます旺んで」随筆集や歌集の校正に「身も魂もうち込んでをられた」と書き、「白頭の川田氏が中指のペン胼胝《だこ》を真紅に染めてをられるのは色彩の美しい人間風景である」とその存在に敬愛の眼差しを向けている。

川田順は、二・二六事件が勃発した昭和十一年五月に住友本社常務理事の職を辞して、実業界から身を引き、短歌に専念した。この当時を川田自身「実業界引退に始まり愛妻和子病没に終るこの四箇年は、予の生涯中最も深く記憶せらるべき期間であるに相違ない。住友を辞すると同時に、作歌欲は堤を破った池水のごとく迸出《へいしゅつ》した」と綴る。退職後の四年間の作品をまとめたのが第八歌集『鷲』であり、〈立山に棲むとは聞きし大鷲の目交《まなかひ》にして飛びたつを見き〉〈剣岳深碧空に衝き峙《た》ちてあな荒々し岩に痩せたり〉などの佳詠を含む。この『鷲』は、昭和十五年六月に刊行された。誓子が「身も魂もうち込んで」と表現したこの川田の歌集は、昭和十七年に第一回帝国芸術院賞を受賞している。

詩人の辻井喬は、川田が住友の理事を辞職し短歌に専念したのは、「二・二六事件の後始末をする軍閥・財閥の思想に日本滅亡の兆候を見てしまったのではないか」と推察した。戦後、川田は女弟子鈴鹿俊子との「老いらくの恋」の虜となり恋の歌を詠むようになる。そこで辻井は時代背景を鑑み、「創られた恋の歌は、フランスのシュールレアリストの恋の歌と異なって、国が失われた状態で歌われ」、ポール・エリュアールやルイ・アラゴンの詩が「愛人を歌うことが祖国を歌うことになったのとは異なって、川田の歌は祖国の喪失を歌うことになった」のであり、「そこに祖国の影は映し出されていなかった」と論じた。川田の場合、異性への愛がすなわち愛国心とは重ならず、強い祖国への失望が表白されたのである。

われら棲む家か向日葵夜に立てり

『七曜』

昭和十六年作。いったいこの粗末な家が自分たちの住むところなのか、という軽い失望や諦念が率直な問いかけになっている。昼間はさり気なく眺めていた「向日葵」が、夜目にも著く、黄色い大きな首を突き出して咲いている。その圧倒的な存在感に、作者は気押され、不気味さを味わっている。「海村抄」の、〈立ち出づる吾家の蟬のこゑを曳き〉〈夏川の淵の砂浜あはれなる〉〈始めての土地に夏足袋黒く来ぬ〉に続く作である。

誓子は病状がなかなか好転せず、一月から伊勢の富田に移り住み、安静の状態が続いていた。転居は、柳生夜来が伊豆から伊勢に移って療養することを誓子に勧めたからだった。夜来は芭蕉書簡集を持参して、芭蕉への関心を引き起こし、誓子が芭蕉研究に打ち込むきっかけを作った人物でもある。

八田木枯は、掲句は決して名句ではないが、誓子が全く知らぬ場所に転地療養のため全てを棄てて行こうと決心した記念碑的作品として特別視している。伊勢湾を眺め渡せる浜辺の、松原の近くにぽつんとあった小屋のような粗末な家が誓子と波津女の住まいである。辺鄙な土地での質素極まりない暮らしだ。こんなところに住むとなると不安でしかないだろう。ほかには〈活けし梅一枝強く壁に触る〉などの日常吟から〈静臥の身寒き分秒過ぎゆけり〉など身近な素材や病状を反映した句が多い。時代的にも、十二月には太平洋戦争に突入しており、誓子の生活には、暗雲が圧し掛かっていたのである。

句集の表題ともなった〈麗しき春の七曜またはじまる〉は、この年作られている。誓子はこの句について「麗春にはいくつも七曜がある。一つが済んだら、あと直ぐ新しい七曜が始まる。（中略）病者の私は、麗しき春の七曜の繰り返しに慰められた」と自解している。暗く落ち込む思いを自ら励ますように「七曜」の句は作られたのである。

病快きときは
露更けし星座ぎつしり死すべからず　『七曜』

昭和十六年作。夜露に濡れた草々を踏んで庭に出る。伊勢湾の見渡せる美しい場所で、地上の露と星の瞬きとが荘厳するような神秘的な宇宙を繰り広げる。胸に迫る美の世界に、「死すべからず」の決意がふつふつとこみ上げてきた。誓子作品の中で、初めて「死」なる言葉が用いられたことに、木枯は衝撃を受けたと語る。また木枯が、何故このような前書をわざわざ付けたのかと天ヶ須賀の誓子を訪ねたときに問うたところ、内容が時代に反しており、特攻隊の兵士はじめ散り行く人々が「星」に象徴されていると批判されてはならないと思ったと返答している。誓子は弾圧に対して非常に用心深くなっていた。以前阿蘇山で作った句〈雪荒れの火口目守《まも》りつついのち愛惜《を》し〉の「命惜し」が非国民的だと批難されたことがあったので、「要らざる前書」をつけたのだと述懐している。

俳句弾圧事件後、誓子は秋櫻子から現状を聞かされ、「伝統でおやりなさい」と俳句の内容に留意するよう忠告を受けていた。ここには、時代背景による特別な配慮があったのである。

当局の覚え良きことを意識して作った句としては『七曜』の中に次のような戦意高揚に参画するような作品がある。昭和十五年の「支那事変三周年記念日を迎へて」の二句〈足摺りて雷《かみ》も怒りし今日その日〉〈激雷の戦ふ国土なきまでに〉や「紀元二千六百年奉祝」の三句〈峡わたる日が真上より菊に差す〉〈菊に対ひ身に高山を繞らする〉〈菊咲きて山の赭谷ひえまさる〉また昭和十七年の「新嘉坡陥落」九句〈陥落ちかし霜の日雪の日とつづき〉〈紀元節以後じりじりと寒の極〉〈攻めては必ず取る雪の白きがごと〉などがそれに当たる。このような句を作るほど、誓子の怯えは逼迫したものだった。

つきぬけて天上の紺曼珠沙華　『七曜』

昭和十六年作。高く澄んだ秋の青空が広がっている。「曼珠沙華」は紅く反った花弁と針金のような長い蘂を捧げ、まっすぐに細茎を伸ばして咲きつのっている。「天上の紺」は金泥で書かれた仏教経文の下地のような藍に近い紺色であり、省略の効いた余白には、大きな空間が抱かれている。手前には「曼珠沙華」の群生がくれないの色を尽くして咲いている。日本画の一幅を見るような色彩対比の美しい世界である。

自註には、「死人に関係のある花だから、縁起のいい花ではない」が、「俳句の世界では、紅蘂のその花を美しとして、愛した」とある。不吉なイメージを払拭して、蘂の反りや色彩の華麗さが評価された曼珠沙華は、誓子の好みに合ったのだろう。ほかにも、昭和十五年に〈曼珠沙華季節は深く照りとほる〉〈曼珠沙華一茎の蘂照る翳る〉など多くが詠まれている。華やかだが孤独なたたずまいのこの花を誓子が愛でたように、橋本多佳子も好きな素材として、〈曼珠沙華あしたは白き露が凝る〉など、たくさん詠んでいる。

海の村寒き金星一顆のみ　『七曜』

昭和十六年作。海辺の村の一戸一戸に点る灯もどこか寒々としている。頭上の闇の中にくっきりと見えるのは、「金星一顆のみ」という蕭条とした景色である。寄る辺なき我が身の上の今後の厳しさを思うとき、金属的な光を投げかける金星の輝きのみが、未来へのはなむけのように思われる。

時代は太平洋戦争へと大きく山崩れを起こしており、病人としての日常生活にもその緊迫感が伝わってくる。伊勢の淋しい漁村で静臥を続けなければならない自分と妻の行く末を案じつつ、金星を仰ぐ誓子のまなこには、哀しみの光が宿る。

第四句集『七曜』（昭和十七年刊、四百六十八句）の時代は、新興俳句関係者の二度に及ぶ検挙があり、俳句と戦争の関係が新たに問い直された時代であった。正しい日本語を普及するという名目で「日本俳句作家協会」が設立され、言語統制が厳しくなっていったという背景もある。人間探求派が台頭し、新興俳句の無季派が活躍した時代であったが、やがて生活者としての人間の内面に目を据えたり、思想を反映する句を志向する俳人たちは、しだいに政治的な圧力を受け、主義主張を表現する句は衰え、自然詠が主流になってくる。会社を離れ田舎で療養中の誓子であったが、時代の社会的風潮は歴然として蒙っていた。誓子はこの当時、芭蕉への関心を深め、古人の足跡に思いを馳せるようになっていた。

平畑静塔は、『七曜』当時を「日本の非常時に突入した時期をふくみ」「新興俳句の人々は弾圧され去って、誓子には全く消息絶えた無縁の人々と化して終った」と述べて「黒の時代」と名づけた。

静塔の書くように、暗い時代背景と自身の体調不良のため、誓子の句風は、『七曜』から大いに変化してゆく。かつてのような新素材開拓というよけいな力みがなく、身ほとりの小動物やこまごましたものを扱い、自然観照の深みを呈し始めるのである。

紅くあかく海のほとりに梅を干す

『激浪』昭和二十一年刊

昭和十七年作。赤紫蘇を絞っては粒のそろった梅の実と合わせて漬け込み、土用干しをする。潮の香の濃い海辺に赤々と梅干が並ぶ。海と空の青と梅干との色彩のコントラストが美しい。空模様とにらめっこしながら、天日に梅の両面をよく乾かし、保存の壺などに蓄えるのである。

当時紀伊半島から望む伊勢湾の上空は敵機の通路となっており、色彩の濃いものは目印となるのだが、梅干くらいは問題なかったのだろう。木枯はこの句の色彩のよろしさに惹かれ、「紅くあかく」のリフレインを愛唱している。

前年九月から誓子と波津女は、伊勢の富田に移り住んでいる。誓子の病状が優れず、依然として安静が必要だった。良家の子女であった波津女は、自ら骨身を惜しまず家事全般をまめにこなす女性だったと思われる。この海辺の家でつましい生活を送り、梅干も例年、丁寧に作っていた。〈紫蘇の汁なほ点々と陰に入る〉〈干梅の上来る酸の風絶えず〉や二年後の〈干梅や眼をやるたびに紅《くれなゐ》に〉また、次の句集『遠星』に〈酸の香は夜干の梅ぞ心《うら》やすし〉などから、そのような様子がうかがえる。

「海畔抄」には〈球なくて電柱立てり海しぐれ〉〈雪の濱照りつつ午《ひる》を過ぎにけり〉〈出洲の雪水激《たぎ》ちつつなほのこる〉〈蜜柑剝いて棄てたるここが陸の果〉などがある。いずれの句からも孤独感がにじみ出ており、深い喪失感がうかがえる。海辺の蕭条とした景が作者の心象風景にまで高められており、切々と胸に迫ってくる。

この年、誓子の年譜には「住友本社を退職。人事課の調査係長であったが、休職中に人事異動があり、新しい人事課長に、大学の後輩がなったことにより、会社の慣習に従って退き、嘱託になった」とある。東大法学部を卒業して、ドイツ語教授の佐々木惣一の指示により大阪の住友本社の労働課に就職し、良家出身の妻を持った誓子の前途は明るい光に充たされていた。だが、疾病のためたび重なる転地療養、休職が続き、とうとう嘱託の身となってしまった。誇り高い誓子にとって、いかなる痛恨事であったことだろう。

春水と行くを止むれば流れ去る　『激浪』

昭和十八年作。春の川の流れに沿って歩み出す。波が押し合いながら下流へ奔るのを眺めながら、歩幅を大きくしてゆく。やがて疲れを感じて立ち止ったところ、川は停滞するさまも見せずに波を繰り出し続ける。

鴨長明の『方丈記』の「行く川のながれは絶えずして」のように、自分ばかりが取り残され、時代の流れはぐいぐいと先へと去ってしまうという哀しさがある。ただ、ここには焦燥感や悲壮感は前面に現れてはおらず、ただかすかな諦念が感じられるのである。

この句の前後には〈初蝶の遠きところを過ぎつあり〉〈鷹の羽を拾ひて持てば風集ふ〉などがある。誓子の本来の抒情性が過不足なく出ている佳品と言えよう。

伊吹嶽残雪天に離れ去る

『激浪』

昭和十八年作。歌枕としても著名な伊吹山である。その数々の和歌の伝統を継ぐ山頂に雪が白く輝いている。この世のものならぬ白妙の雪は、春になって気がつくと失せていた。木枯はこの句の「天に離れ去る」の斬新さに注目し、さすが誓子と思ったと語る。

誓子は自解に「富田の家から、北方に伊吹山が見えた。鈴鹿山脈の北の外れの、藤原岳の奥に見えた。雪が積もれば、全山真白になった」「或る日、その残雪が見えなくなった」「伊吹の残雪は、かぐや姫の真似をして昇天したのだ」と記す。

昇天のイメージを誓子は楽しんでいるようだ。のちに、さまざまに鑑賞されたのを興がって、『自作案内』に、「解一——天へ離れ去る、解二——天の方に離れ去る」の解釈の相違があるが、自分の思いは「解一」である、と正解を付している。

掲句のあとには〈嶽の裏没りし春日焼けにけり〉〈火を焚けばすぐかげろふに立ちまじる〉〈夜に入りて大干潟猶あるごとし〉など抒情的な叙景句が続く。

雪の嶺走らずにみな聳え立つ

『激浪』

昭和十九年作。屹然として眼前に聳える雪嶺に圧倒されながら、山脈として流動的に「走らず」佇立した嶺々は神々しい姿を捉えている。誓子は随筆「鈴鹿の山山」に、所用で四日市の港に出かけたとき、「鈴鹿の山脈は」「一番奥まったところに藤原岳が見え、それに始まる峯々はずつと尾根つゞきであるが、勢に乗じて駆け出してしまはずに、おのおの自己の存在を主張して、厳然と聳え立つてゐる」と書いた。

掲句に続く作品は、〈雪嶺の運河の道を送らるる〉〈肘つきて身起すまでに雪霏々と〉〈雪片の高きより地に殺到す〉〈風花や電燈に灯が欲しきころ〉〈積雪や汽車の燈の相別れゆく〉などであり、風景の描写に作者の内面の孤独が滲み出ている。

戦後、誓子は富田の小学校から「富田の四季」という歌の作成依頼を受け、掲句を詠み込んで冬の章を「北の方より　はじまりて／山脈つゞく　町の空／冬ともなれば雪の嶺／走らずにみな　聳え立つ」と作っている。

この崖にわが彳《た》つかぎり蟹ひそむ　『激浪』

昭和十九年六月二十六日作。海辺の崖にたくさん蟹の穴が空いており、人影に驚いた蟹たちは穴に逃げ込んで、危害が及ばぬようじっと息をひそめている。この崖では、作者がちっぽけな蟹たちの独裁者となっており、少年のような茶目っけも感じられる。

自解に、「私は、崖の穴の中にひそんでいる蟹を支配しているのだ。そして、蟹はまた蟹で、私の支配に絶対に服従しているのだ。息のつまるような数刻である」とある。

ここには、少年らしい稚気ばかりでなく、創作者の執拗なまでの熱情が感じられる。さらに、この句の背後には、当時の施政者に対するひそかなアイロニーのようなものがあったのではないか。

こののち、誓子は昭和二十八年『俳句』座談会のとき、作品のテーマとなった「蟹」を例に挙げ、「根源俳句」に関して「同じ対象を追求して積み重ね積み重ね、貯え貯えすることによって自分の生命を深めて行こうというのです。積み重ねるのは、蟹なら蟹に托した自分の生命です」。この「方法が私の所謂生命の深まりにおいて根源を捉えるということに結びつくのです」と発言している。

自嘲を交えながらの言葉だが、このころからすでに俳句対象の「根源」について考えていたことが察せられる。誓子は昭和二十三年に「天狼」の主宰に迎えられ、「酷烈なる精神」「根源俳句」を打ち出した。同人たちは対象の根源、すなわち生命の本質を俳句に描き取る重要性を活発に議論し合った。その「根源俳句」の意義を、この伊勢の海辺で誓子は自分に問いかけ続けていたのであった。

また、この年の四月七日から、あたかも修行僧のように、毎日ひたすら俳句作りを自分に課し、膨大な句数を入集した。

みめよくて田植の笠に指を添ふ　『激浪』

昭和十九年六月二十八日作。鄙《ひな》びた農村には珍しく、容姿の優れた若い娘が恥じらうように田植笠に指を添えている。田植の合間の、その初々しいしぐさにふと心惹かれた。

木枯は、この句は平和な整った句であるが、発表されたあと、「俳句研究」で「誓子老いたり」の声も出たことを記憶している。新素材開拓、斬新な描写で読者を驚かせてきた誓子俳句にしては、「ホトトギス」調の内容にやや興が削がれるようだ、との反応もあったという。

誓子は自註に「みめよくて」は「眉目美しく」であり、「田植の笠に指を添ふ」は、他人の目を意識しての「しなづくり」だと記している。

さらに実際の田植女を見たのではなく、たまたま誓子の家を訪問した女性が戯れに笠をかぶり、指を添えたと明かしている。このように事実ではないと告げながら、「直ちに、田植の現場を想起し、この句を作った。有り得る句だ。有り得る句は、どんどん作るがよい」とまで提言している。徹底した写生ではなく、イメージを膨らませる誓子の作句過程を知るのに参考になる。

冷し馬潮《うしほ》北さすさびしさに

『激浪』

昭和十九年七月十四日作。農耕作業にくたびれて、体の火照った馬の全身を洗い、一日の疲れをねぎらう。海辺には、労働のあとの人と馬をいたわるように、波がひた寄せている。夕日の赤さを映す潮は、ただひたすら北を目指して流れてゆく。

当日の句には〈冷し馬馬首ともすれば陸に向く〉〈濡れし身の動きて歩む冷し馬〉〈冷し馬戻りの堅き土を踏む〉〈町中に入りて隠れぬ冷し馬〉などがあり、「冷し馬」の過程の一部始終を見つめていたことがわかる。

掲句について誓子は木枯に「ゲーテの『伊太利紀行』の場面を思い出しました」と語り、海中の馬色が波間に現れる光景は、誠に幻想的なのだと言って遠まなざしになった。誓子は三高時代にドイツ語を選択しており、その理由の一つは寄宿先の主である、佐々木惣一がドイツ憲法の教授だったからだと推察される。十代から親しんだドイツ文学、とりわけゲーテの書から力を得ていたようだ。

『伊太利紀行』とは、ドイツの詩人・劇作家ヨハン・ヴォルフガング・フォン・ゲーテが、憧れの地であるイタリアを旅し、滞在中の書簡や日記を後年まとめたもので、古典の調和的美への崇拝が反映されている。ゲーテが明るい太陽の光に充たされたイタリアで疲弊した心身を養ったように、誓子も戦時下の言論弾圧による逼迫した心情や病んだ身体を癒やさんと、ゲーテの紀行文に心を寄せていたと考えられる。

津田清子は掲句の解説に「余程調子が良かったのであろう」と書いている。確かに体調もやや安定したので、興が乗った「冷し馬」に集中することができたのもひとつの理由だろうが、対象凝視という点で、誓子にはもっと執念を尽くす思いがあったのである。その背景には実は、松本たかしの著書『鉄輪』（昭和十七年刊、丸岡出版社）があったことを忘れてはならない。

たかしは「山口誓子論」の中で、「自分は昔からの誓子好きの一人である。嘗てのホトヽギスの同行である、現在別途に立つてゐるとは云へ、現代の俳句界に於て、自家独特のスタイルを完成し、一代の流風に大きな影響を与へた傑れた作家として愛敬」するものの、その作品の「有する面白さには、強さ、鋭さ、鮮かさは十分でも、高さと深さは未だ不十分」だと辛口の評を付した。さらに草田男と誓子を比較し、草田男が「混迷を厭はない、信念と本能の作家」ならば誓子は「整理を首肯する、表現と良識の作家」だと分析した上で、天才肌の草田男が非凡な芸術的作品を産むのに対し、誓子は整理・構成を意識的に行うため、その作品の底には「常識性」や「意識的な翳」を拭うことができないと指摘した。

たかしは次に、『黄旗』『炎昼』の諸作品に触れ、中八字の字余りや下六字の字余りがしだいに多くなってくるのは問題で、「マンネリズムに近い弊が認められ」、そこには短歌的発想の傾向があること、また、「脆弱な作品の交ってゐる理由は、歌心に災ひされた」ゆえで、「発想、語感、句法の上に、歌心がはげしくなればなるほど、俳句としての強さを失ひ、衰弱の跡が目立ってくる」と厳しく論難を加えた。

このように草田男と比較され、作家としての創作力に関しては、天性が劣り、常に俳句には常識的な認識性が透過されると断じられたら、誇り高い誓子にとって堪えられない屈辱であったろう。だが、このたかしの「誓子論」に対して、誓子の反論はどこにも発表されていないようだ。誓子の生の声を知ることはできないが、西東三鬼の次の述懐を引用してみよう。

神田秀夫は「激浪」の作品が毎日の日付順になってゐるのをみて、「いまいましい」といった。神田氏は実作者ではないが、実作者以上に俳句作家の気持のわかる人で、この「いまいましい」といふ含蓄のある言葉は、当時の俳句を作るほどの人の気持を言ひあててゐるといへよう。

神田秀夫氏は戦争中、一兵として狩り出されたので、自らの空白の毎日を、山口誓子がこのやうに充実しつつ過したことに、耐へがたい「いまいましさ」羨しさを感じたのでもあらうが、俳人が朝から晩まで、居住坐臥、句を作ることで過ごすといふ、その執念にゾッとしたのでもあらう。

しかし先生のこの異様な決意、発奮は、いまは故人となったあるホトトギス同人が、戦前の「俳句研究」に書いた辛辣な誓子批判に淵源してゐるところもあるやうだ。「実作で応へる」といふのが先生の決意であったと思はれる。

（「魚を釣ってはゐられない」昭和三十三年『現代俳句文学全集』月報第十二号）

三鬼が言う「あるホトトギス同人」とは、もちろん松本たかしのことであり、「辛辣な」批判とは、たかしの「山口誓子論」である。誓子は、たかしの文章に大打撃を受けたが、表立って反論をせず、己に日々多くの句を作ることを課したのである。こうして、『激浪』には、日付のある句が並ぶこととなった。このとき、反論せずに沈黙を守ったところに、かえって誓子の心の傷の深さが思われる。

また三鬼はあまり誓子が根を詰めて俳句を作るので、体を心配し「伊勢湾の魚を釣って空白の時間を得られては如何です」と魚釣りを勧めた。これに対して誓子は「その空白の時間に、生涯の絶唱が通り過ぎたらどうしませう?」と返答したという。そこで三鬼は恐れ入って退散した。このような誓子の態度が二、三の「高名な俳人」に嫌われた。つまり「いまいましい」と感じられたのだろうと三鬼は考察している。

誓子は、昭和二十九年の「俳句」座談会のとき、「私が戦争中に、無我夢中で、作りましたのはネ。私自身の井戸水を汲みつくして見よう……どんどん汲んで、汲み尽したあかつきに、何が出てくるかを、見ようと思ったんですナ。それで私の句風なんかも、結果としては多少変りました」と発言している。淡々とした語り口だが、当時の覚悟のほどを示している。誓子はこの当時、自分の作家としての可能性を知るため、自分から過酷な試練に臨んだのであった。

炎天や僧形遠くより来る

『激浪』

昭和十九年七月十七日作。炎帝に支配された暑い真夏のある日、遥か遠くに僧が一人漂うように歩いてくる。地面から放出される熱気で大気は揺らぎ、定かに僧の姿が判明できない。ゆらめき来る「僧形」と曖昧に描き、ロングショットの映像を捉えたのだろう。

後年話題となった森澄雄の句に〈炎天より僧一人乗り岐阜羽島〉がある。木枯と同人誌「晩紅」を創刊した、うさみとしおは、澄雄の句を評して、岐阜羽島は「大野伴睦の政治駅」であるが、この澄雄の句を「まるごと呑みこんでいる」のが誓子の掲句であると断言している。さらに「僧形」よりも優れている句が、同日に作られた句〈声なりしやと炎天を顧る〉や前日の句〈庇影より炎天の土起る〉であると言い添えている。当日句はほかに〈水練の中学生褐一色に〉〈隊伍来しときのごとくに泳ぎの徒〉などがある。

鳥羽行に今宵いづこの駅も月

『激浪』

昭和十九年九月二十八日作。鳥羽行きの列車が駅のホームに停車している。見上げれば秋の夜空に美しい月が出ている。この列車が止まるこれから先の駅の上にも、同じようにしみじみと胸に沁みるような月が掲げられていることだろう。瑞々しい抒情句である。

この鳥羽行きの列車に誓子が実際に乗って、停車する各駅で月を眺めたとは考えにくい。自由気ままに旅することに憧れつつも、決して叶うことのない現実に引き据えられ、束の間の心の漂泊を楽しんだに違いない。

星を詠んだ句は多く、当日の句はほかに〈露更けてよりオリオンの地を離る〉〈露けさに昴《すばる》の諸星弁別す〉〈月夜の燈修理の時計さしのぞき〉〈月光に障子をかたくさしあはす〉など、すべて星がテーマとなっている。

今晩は今晩は秋の夜の漁村

『激浪』

昭和十九年十月十七日作。貧しい漁村であるが、人情は息づいている。夜に出歩けば、たまたま出会った人が「今晩は」と声をかけてくれる。また自分も「今晩は」と挨拶を返す。そのようにほかでも「今晩は」と聞こえてくる。優しい声が、漁村の夜に響き合う。降り注ぐ月光の優しさに叶う、素朴な村人との心の交流である。

木枯は繰り返し誓子の作品を読み、突出した名句ばかりでなく、当時の記録となる句として残したいので、この句を選んだと語っている。

この日は、〈鵙高音復《また》読みかへす戦果報〉〈自転車を乗り習ふうち秋の暮〉〈木犀も過ぎて靄立つ海の村〉なども作られた。

秋の暮山脈いづこへか帰る

『激浪』

昭和十九年十月三十一日作。山脈は日本列島を縦横に抜け、あるものは海に没し、あるものはほかの山脈と交わり、湖や川を抱く。しみじみとした秋の暮の情緒にふさわしい。

この山脈とは鈴鹿山脈のことである。誓子はこの句を「伊吹につづいて鈴鹿の山脈は、藤原岳（一一六五米）からはじまる。（中略）水沢峠があって仙ヶ岳（九五五米）となるが、いままで南下して来た山脈はその辺りから向きを西南に変へ、安楽峠（四九四米）鈴鹿峠（三七八米）と次第に低くなつてゆく」と解説している。山や峠の標高をそれぞれ附記して、山脈の流れを把握できるように配慮しているところがいかにも誓子らしい。

誓子はこの句の季語「秋の暮」を好んで、繰り返し句を作っている。『激浪』だけでもなんと四十七句、全句集では、七十五句ある。「秋の暮」の句はほかにも〈秋の暮道にしやがんで子がひとり〉〈帖に記す詩も蒼然と秋の暮〉〈十字路に彳てばいづこも秋の暮〉〈背を低うして牛来る秋の暮〉〈秋の暮われまた靄の中ならむ〉などが挙げられる。

季語と言えば、『激浪』作品の季語分類と批評を試みた俳人がいる。桂信子である。信子による『激浪ノート』は、その膨大な分類の記録と鑑賞だ。信子は序文に、誓子のことを最初は「尊敬するが好きにはなれない」部類に属すると思っていたと告白する。だが、『激浪』を読んで、誓子俳句の劇的変化を感得し、それまでの「鉄壁」で親しみ難いという拒絶感がひっくり返った。「平易な語句、簡単な用語」「はげしい詩精神」さえ誓子の句に見出して感激したのだった。さらに芥川龍之介が陥った「孤独地獄」に、芸術に関わる作家の常として、誓子もまた、孤独に陥った人であると読み取った。信子は『激浪』の作品の大部分が日常吟によって成り立っていることに眼を止め、そこに「人間誓子」が顔を出していると評する。そして何に眼を注いでいるのかに興味を持ち、「動物を対象としたもの　四七三句、植物を対象としたもの　二六四句」と数え上げ、その中でも昆虫、鳥、獣などと分け、さらに蟋蟀、螢、蟬などと細かな分類を徹底させている。さらに燈火、月、日などの素材、また語法についても分類を施し、それぞれ例句を挙げて鑑賞している。誓子の句作りが執拗なら、信子の分類も過激なほどの執着ぶりである。

信子は『激浪ノート』の最後に、「自己の才能を外面的なものにむけて、その俳句的領域をひろげて来られた誓子氏が、今度はひるがえっておもむろに、自己を凝視」しようとした結果、「『拡がり』から『深さ』への転換」が見られ、それは「今迄、身につけて来た一さいの、誓子的手法をなげすてて全裸になって、自己のいのちと格闘」を始めたとして、誓子の「芸術的良心に深い感動を覚え」たと綴る。こうして信子は誓子俳句の骨法を学ぶことによって、誓子の推進する、物と物との関係から俳句空間を構築する「写生構成」の強さを身につけたのだった。

この信子に関して、木枯は近頃、ある評論家に質問を受けた。信子が『激浪ノート』を発表した当時、俳壇に知られた存在だったかという問いである。これに対して、「信子はほとんど無名であり、この『激浪ノート』によって名前が知られるようになった」と答えている。信子は誓子の句と格闘することによって、自分の作品を強化し、俳壇においても女流作家として一目置かれる基盤を得たのであった。

ところで、この『激浪』は、実は三回も発行されている。第一回は「幻の初版本」とも呼ばれるもので、昭和十九年十一月に入稿、編集されたが、出版元である青磁社が火災に遭い、見本が刷られたところで、一冊を残して全焼したとされる。その後、大戦翌年の昭和二十一年七月に二回目の「初版本」が同じ青磁社から刊行され、さらに昭和二十三年八月に三回目の「改定版」が創元社から出版された。

誓子研究者の「春月」主宰戸恒東人は、かつて「天狼」編集長だった松井利彦から「幻の初版本」の原稿コピーを入手し、平成二十三年、『誓子――わがこころの帆』を著した。

「幻の初版本」の原稿とは、誓子が戦火による焼失を怖れて奈良の橋本多佳子のところに送り、それを読んだ西東三鬼や平畑静塔が感動し、誓子による「天狼」創刊を決意させた原稿のことである。

戸恒氏によると、「初版本」では「幻の初版本」の「軍神稲垣兵曹長に捧ぐ」「サイパン島の悲報至る」など戦争関連事項を詠んだ二十四句が削除され、同数の写生句などで補われている。だが、それでもなお二十九句もの戦争関連句〈冬寂びてなほ青谷ぞ荒御魂〉〈鵙高音復読みかへす戦果報〉などが「初版本」に残っている。さらにこの「初版本」と比べると、「改訂版」では、戦争関連句は、二十九句削除され、無難な写生句が収められている。この「改訂版」が一般に普及している『激浪』なのである。

戸恒氏は、「幻の初版本」の後記の誓子の言葉「精なる多作、俳句の鬼。神州の護持は俳句の護持」を引用した上で、京大俳句事件以降の強力な弾圧から難を逃れるための方便として誓子は、戦争肯定的な句を入れ、物的証拠としたのではないかと推論している。そして師事した虚子や秋櫻子に累が及ばないように配慮したから、とも述べている。加えて「一種の偽装転向であり、憲兵に対する目くらましであったというのが私の見方」であり、のちには「無器用な誓子は結局ミイラ取りがミイラになってしまったのでは」ないかと思うようになったとしている。

確かに誓子の「幻の初版本」の後記を読むと、当時の官憲への過度の配慮が感じられ、保身のための言葉と受け取られても仕方あるまい。だが、後年誓子が語った「不確かな生を確かめるために、一日として句作を怠る」ことはなかったという言葉に偽りはないように思える。住友本社を離れ、病軀を養うしか選択肢の無い身の上として、誓子は孤独の淵に屈みこんでいるような毎日であった。だが、そのような境涯の中、ひたすら身近な蟋蟀、蟹や蜥蜴、蟻などの小動物に目を注いだ。執拗に同じ対象で繰り返し詠んだ作品には、己の内面を凝視した観照の深まりがある。それゆえ、多佳子、三鬼、静塔が感嘆したのだ。なるほど誓子は、「幻の初版本」の編集後記に「時は決戦の直前であった。このとき保養の私に為し得ることは俳句を護持することであった。私にあっては、神州護持は又俳句護持でもあった」「私をして斯の如く永く句作を持続せしめたのは自衛心」と記した。ここに時代への配慮は否めない。だが、意図的に神州加護を祈念した句を作っても、多佳子たちは感動しまい。誓子は虚子の言葉「立派な句を作って国家に捧げ」を心に刻んで「一日の懈怠もなく、作品を積みに積んだ」とも記している。また、当時の誓子の句の内観的暗さは、時局追従者たちの批判するところでもあり、誓子は明らかにマークされていた。誓子のような賢明な作者ならば、易々ともっと人心を鼓舞するような明朗な句を作ることも可能だったろうが、そうはしなかった。「懸命の句作を決意し、日夜精根を傾けた」という後記の心情に偽りはあるまい。ひたすら毎日挑むように暗く厳しい俳句を作り続け、身ほとりの素材に目を注いだ。ここに作家としての誓子の志と執念を改めて見出す。

海に出て木枯帰るところなし

『遠星』昭和二十二年刊

昭和十九年十一月十九日作。山脈を通過し、街の上を吹き渡り、陸を離れた「木枯」は、とうとう海上にまで至り、もう戻ることもできない。痺れるような孤独感が漂っている。

誓子俳句をよく知らない人も、この句だけは聞いたことがあるのではないだろうか。それほど人口に膾炙した句である。〈ことごとく木枯去つて陸になし〉が同時発表句だが、誓子は、「陸になし」が先にできて、それでは満足せず「海に出て」を作った。掲句には次の自解がある。

私は、海の家にいて、頭上を吹き通る木枯の音を聞いて暮らした。その木枯は陸地を通って、海に出る。直ぐの海は、伊勢湾だが、渥美半島を越えると、太平洋に出る。太平洋に出た木枯は、さえぎるものがないから、どこまでも、どこまでも行く。日本へは帰って来ない。行ったきりである。

誓子には昭和十七年の句〈虎落笛叫びて海に出で去れり〉がある。虎落笛の強笛の響きが耳にあったので、掲句ができたと述べ、「俳句は積み重ねである」と、己に言い聞かせるように記している。「虎落笛」をさらに深めて、掲句は完成されたのだろう。また、言水の〈木枯の果てはありけり海の音〉も心中にあったのかもしれない。山本健吉は、掲句を「自然現象の上にも己れの存在の虚無の投影を見せようとするのだ」と心象風景として鑑賞している。

三鬼が、この句は特攻隊を描いたものだと評したため、そのような解釈が一般的に広まったが、誓子の自註には、当初そんなことばはない。後年、誓子は『鑑賞の書』の自解に、「海に出たが最後、再び帰る陸はない。まるで片道のガソリンだけを積んだ特攻機そっくりである。戦争の真最中であったから、私は特攻機を悼むこころを木枯に托したようである」と書いている。これは、宣伝部長のような三鬼が周囲に触れまわったので、誰もが納得して、そう思い込んでしまい、その期待に沿った形で文章にしたのだろう。八田木枯が伊勢で療養中の誓子に創作意図を直接たずねたところ、三鬼の説が有名になったことに対して誓子が苦笑いしていたと証言している。誓子は自然現象を写し、己の孤心を「木枯」に投影させたのだ。だが、後年になるにつれ、誓子は三鬼の説を積極的に肯定する態度に変わってきてしまったようだ。

平畑静塔は、「木枯という天文現象を一つの物体と見る新擬人的手法」であり、「その物体が生きている人間と等しいもの、つまり一つの生体として見る態度」だと讃えている。いずれにしても誓子の代表句として、人々の心に刻まれる作品となり、最晩年の誓子自身も、生涯の一句を挙げるとしたらどれかと問われ、この「木枯」だと言うようになったのである。

寒月に水浅くして川流る　『遠星』

昭和十九年十二月二十八日作。頭上には、蒼味を帯びた月が寒々とした光を放っている。

地上には川がゆるく蛇行しており、月光が川面を照らし出している。川は川床が透けて見えるほど水量を失い、あちこちにごつごつとした岩が露出している。どこか心象風景のような蕭条とした映像である。

この日は、この一句のみが記され、前日には、〈寒月下暗渠を水の出るところ〉〈道直《ちよく》に運河も直に寒月下〉などが作られている。

「海に出て」の句、〈臼を碾きやみし寒夜の底知れず〉とこの「寒月」の三句から三鬼は特に感銘を受けた。中でも余分な抒情を削ぎ去った掲句は、三鬼が「慄然俳句」と呼んだことで評判となり、『遠星』を代表する作品となった。

三鬼は、「全身これ感覚であり、これによつて得た美を、作者が不承不承に、使ひ古しの言葉で表現したものだ」としながらも、批評者がこの句の優れていることを理解しないのは、「作者の感情に到達し得ないから」であり、「感覚を現わす言葉は単純なほど強い。強いほど深い」とまで激賞した。

静塔も「たゞ透徹した写生眼で出来た佳作というより、矢張り作者の心眼と対象の方にある寒気が温かい穏やかな所で合体して出来上ったような」句だと称賛の言葉を著した。

山本健吉も誓子の信奉する東坡のことば「外平かにして中深、淡に似て実は滋」の境地を実現した作品だと評価している。

せりせりと薄氷《うすらひ》杖のなすまゝに

『遠星』

昭和二十年二月一日作。厳しい寒さのために、「薄氷」が張っている。手に持ったステッキを何気なくそこに差し入れて動かしてみると、「薄氷」は意志のまま動いた。〈子を抱きて雪嶺《せつれい》しづかなるゆふべ〉もこの日の句である。自解を記そう。

私の家の門のところに水槽が置いてあった。春寒い日で、その水にうすごおりが張っていた。その場へ私は散歩から帰って来た。手にステッキを持っていた。私は水槽のうすごおりを見るなり、手に持っているステッキをそれに突っ込み、ぐるぐると円を描いた。「せりせりと」は、ステッキがうすごおりを破る音、ステッキとうすごおりの接触する音。

誓子は、このように、ふとした行動から湧きあがった詩情を句にしている。この句と同じ趣向の句に、〈寒き夜のオリオンに杖挿し入れむ〉(『晩刻』)がある。

森澄雄は、掲句を初めて目にしたとき、「前年、ボルネオの戦野から帰還、一年間戦病を養いつつ、鳥栖高女に職を得て、戦後の乏しい生活が始まった時代」にあって、この句が「ことのほか身にしみた」との感慨を綴っている。ただし、誓子自註の「即物的解」には「少しがっかりした」ことも明かしている。澄雄にとって、「せりせり」は胸を噛む孤独の軋み音だったのである。

土堤《どて》を外《そ》れ枯野の犬となりゆけり　『遠星』

昭和二十年二月二十四日作。土堤の上を一匹の犬が四肢を伸びやかに開きながら、ひた走ってゆく。やがて土堤を離れて、ただ漠々と広がる枯野の中を駆け出した。枯野の茶色に犬の毛色が呑まれてゆくようだ。「なりゆけり」に犬の速度が出ていると木枯は言う。

この日は、〈二ン月や鋸《のこ》使ひては地《つち》に置き〉〈どこまでも雪嶺《せつれい》の道訣れなむ〉〈石橋に春月の光《かげ》さしかゝる〉なども作られている。掲句の自解を見てみよう。

犬が一匹、川沿いの長い堤を走っていた。（中略）いままで堤を走っていた犬は、堤に別れて、その道を下り、枯野を走りはじめた。堤を走っていたときと同じ速さで、枯野を走った。（中略）作者の私も、犬とともに走っているから、川沿いの堤を眼にし、急転換して枯野を眼にしているのだ。

このように、誓子は一匹の犬を鮮明な画像とした。走り続ける犬の躍動感とモーションピクチャーのような場面展開が見事である。一句の中に凝縮された時間と濃密な空間とが捉えられ、枯れ色の大地、青い大空と二分される色彩をよぎってゆく一匹の野良犬の孤独な黒い影が確かな映像として視覚化されている。山本健吉はこの句を、「概念規定の転化」の作であり、このような傾向が根源俳句の一部に流行したと解説している。

妙齢の息しづかにて春の昼　『遠星』

昭和二十年四月二十七日作。若い女性が座敷に正座している。しんとした茶室内で聞こえてくるのは釜に湯の滾る音だけである。水の流れのような点前の指先の動きを、女性はじっと見つめている。たまにひと言ふた言交わされる言葉のあとは、すぐに茶室を静寂が満たす。ふと目をやれば、その女性の和服の胸が静かに起伏し、穏やかな時間が過ぎてゆく。窓から差し込む春のやわらかな日差しが横顔を引き立て、若さが匂うばかりだ。

橋本美代子の鑑賞には、もんぺ姿の女性が縁側に居るところを描いたのだろうと記されているが、木枯によると、昭和十七年に誓子は、伊勢神宮を参拝した時献茶を受けており、おそらくその体験を思い出してこの句が作られたのではないかと考察している。

また、当時この「妙齢」という言葉を俳句で用いたのは新鮮であった。季語の「春の昼」もそのころは新鮮で、「ホトトギス」にも珍しかった。草田男の〈妻抱かな春昼の砂利踏みて帰る〉が話題になり、この句以降、「春昼」がよく使われるようになった。

誓子にも「春昼」の句は〈七《なな》いろの貝の釦の春の昼〉〈春昼や海人《あま》の喪服の群れ帰る〉（『激浪』）、〈春昼や牛長鳴いて地が沈む〉（『遠星』）、〈春昼の踏切を一作家として〉〈同じ字を砂に書きつゝ春の昼〉（『晩刻』）などたくさんあるが、草田男を意識して多く作ったのではないだろうか。

帆を以て帰るを夏のゆふべとす

『遠星』

昭和二十年七月四日作。風をはらんだ帆が大きく膨らんでいる。しっかりと帆を立てて、船が港に帰ってくる。日暮れ近くなっても「夏のゆふべ」はまだ明るい。帆の白さが海の青に際立って浮かび上がり、一日の終わりを飾る。

この日の句は、ほかに、〈駅中《えきなか》のレール多くは梅雨錆びし〉〈卒然と初蟬こころ遊びけり〉がある。

木枯は、この句が姿の美しい作品で、「ホトトギス」の自然諷詠とは、やはり違っており、下五の「ゆふべとす」という語調が誓子独特のものであると指摘する。「――とす」という断定調は誓子の自家薬籠中の表現と言えよう。このような言い回しは、「まず使った人間が勝ち」だと木枯は言う。作家また表現者として厳しく言葉を追求する態度を、木枯は誓子から受け継いだと自覚している。

木枯は誓子を訪ねたとき、自分で墨を磨って句集に掲句を書いて貰っている。木枯はこの句が下敷きになってのちに「こころの帆」の句ができたのではないかと推察している。

木枯が訪ねたところ、当時誓子は静臥の時間を決めていて、どんな場合でもその時間をずらしたりはしなかった。昼食のあとしばらくしてその時間になると、十二畳ほどの部屋の真ん中にマットと布団を積み上げ、その上で寝た。寝るといっても、睡眠に入るわけではなく、じっと体を横たえ、二時間ほどじっとしている。そのあいだ、伊勢湾の遠浅の波がゆっくりと打ち寄せては引いてゆく音が、繰り返し聞こえてくるのみだ。こうして、静臥のあとは渚へ散歩に出るのが誓子の日課だった。

頭なき百足虫のなほも走るかな　『遠星』

昭和二十年七月十三日作。頭を叩き潰された「百足虫」の胴体だけがのたうち、廊下をひた走って行く。もう逃げる必要もない断末魔であるのに、虚しく脚をうごめかせて遠ざかろうと必死になっている。前日に〈身をくねる百足虫を見れば必殺す〉があるので、続きのような感じがする。

木枯は、冷厳に対象を凝視するこの非情さが誓子俳句であり独擅場であると評価している。対象を突き離して冷酷なまでの眼を注ぐ、観察者となり切る一作家の極限の目である。

木枯が海辺の誓子の家を訪れると、蟻などがよく畳の上を歩いていた。そんな蟻を指先でひねりつぶしたりすると、誓子は「木枯くん、放っておきたまえ」と言ったという。確かに、のちの句集『和服』には、〈家の蟻吾が愛するに客は殺す〉がある。そんなちっぽけな生きものの殺傷を厭う誓子が、百足だけは目の敵にして「必殺」していた。顎に毒液を仕込んで、噛まれると腫れる百足は、他の小動物とは異なり敵視されていたのだ。

穀象を殺すや憎むにもあらで　『遠星』

昭和二十年八月二日作。穀象虫とは、オサゾウムシ科の甲虫で、突き出た頭の先が象の鼻に似ていることから、この名がついた。米や麦などの穀物に穴を開けて産卵する。昔、米櫃を開けると、この虫が黒々とたかっているのをよく目にした。

百足を「必殺す」と詠んだ誓子には、百足ばかりでなく、まだ殺す対象があった。しかも「憎むにもあらで」とつけ足している。敵意をもって打ち据えるのならば合点がいくが、憎悪なしで命を奪う行為に出ることがどことなく怖ろしくもある。

この日はほかに、〈燻る家夏風邪引いてわれゐたり〉〈穀象を虫と思はずうち目守る〉〈さむるたび潮騒を聞く夏の風邪〉、翌日には〈障子にも穀象つきぬ米を出て〉〈米を出し穀象いつの日にもゐて〉などが作られている。

冷水を湛ふ水甕の底にまで

『遠星』

昭和二十年八月七日作。胴の張った大きな水甕にたっぷりと水が満たされている。水甕は瀬戸で作られた茶色くて、つるっとした肌合いの陶磁器で、その上から濃い目の釉薬がかかっているようなものだろう。どっかりと台所の土間に据えられた水甕に湛えられた水を描いて「底にまで」の下五が秀抜である。ふつうならば「水甕の口にまで」で済ませてしまうところを、「底にまで」と捉えたことにより、水甕の重量や中味の水の存在感が如実に伝わってくる。この句について誓子は自註に「冷水を底にまでと云えば、上から下へだ。常識とは逆なのだ。これで水甕全体の冷感を強調しようとした」と記している。

平畑静塔はこの「水甕」の句を例に挙げて、「天狼」創刊号の誓子の言葉「物の根源」以来熱心に論じられるようになった「根源俳句」について、俳論「所謂根源俳句と写生――回顧風に――」(「俳句」昭和四十年九月号)で次のように述べている。

誓子自身この根源俳句の主張を自ら解説した事はなく、所謂各人各説による天狼根源俳句の主張が交錯したのが真相である。世人は多くこの説の難解・曖昧・混乱を指摘し、次第に根源俳句は一つの奇怪なる畸型詩の代名詞化して行った観がある。（中略）こういう水甕の傾向の句について批評家である山本健吉は慄然俳句という風に貶したものである。（中略）

根源俳句の名句は矢張り人を慄然とさすもの也と言っていいのである。いわば人間の想像を完全にくつがえす新しい真実を呼びおこすのが、根源俳句の真の姿であると言っていい。

誓子の写生論は、ホトトギスの客観写生から発し、茂吉の実相観入を消化して、俳句の根源は物と我との中間の深所にありという所に来ていたのである。今日から見て根源俳句の真の姿は、誓子のこの水甕の句に帰一するものと私は思う。

根源俳句に関しては、さまざまな議論が噴出したが、中でも、永田耕衣の根源俳句観は徹底して主観主義であり、東洋的無の境地を根源俳句の根本に据え、「存在を存在たらしめる形而上の真」を求めるものであった。静塔は耕衣作品の根源俳句の例として〈行けど行けど一頭の牛にことならず〉〈恋猫の恋する猫で押し通す〉〈他の蟹を如何ともせず蟹暮るる〉などを挙げている。また、三鬼は、誓子の〈われありと思ふ鵙鳴き過ぐるたび〉を「これこそ俳句の実存主義の見本」「根源俳句の進むべき典型」とぶち上げ、自分は〈炎天の赤牛となり声となる〉を作って、実存俳句の範を示した。静塔は根源俳句の例句として〈いなびかり北よりすれば北を見る　多佳子〉、〈草を吹き鉄管に入る秋の風　不死男〉、〈皿に盛る葡萄の房をすこし曲げ　波津女〉などを挙げ、自分の句〈藁塚に一つの強き棒挿さる〉も、一例としてつけ加えている。

炎天の遠き帆やわがこころの帆　『遠星』

昭和二十年八月二十二日作。「炎天」の強烈な日差しに焙られて、砂浜はじりじりと灼けている。うっかり裸足になると、足の裏が焦げつきそうだ。だが、はるか沖に目を遊ばせれば、帆かけ舟の白い帆がゆらゆらと揺れて、空と海の青い濃淡の中を滑ってゆく。まばゆい光に目を細めながら、白い帆のみを見つめているうちに、さまざまな思いが心を駆け巡り、思わず「わがこころの帆」のフレーズが口を突いて出た。この日の句には〈秋旱へろつく黍の葉に及ぶ〉〈対岸の町夕焼けて河港あり〉などもある。

誓子は、海浜の風が呼吸器の機能向上に適しているとの通説に従い、昭和十六年から伊勢の富田で療養を続けている。海辺に住まい、日がな一日潮騒を聞き、海を眺める毎日の繰り返しである。身ほとりにある素材に目を注ぎながら、祈るように俳句に言葉を刻み込む。健康回復をひたすら願いつつ、日々俳句を作ることは、使命感に基づく営為であり、集中することで、言論弾圧の怖れがわずかに希釈されてゆくのだ。そんな誓子にもたらされた終戦の報は、いかなる感慨を引き起こしたことだろう。

終戦日の句〈いくたびか哭きて炎天さめゆけり〉は、句集に収められていない。感情過多なので、収めるに足らない句と判断したからだと、最初、私は考えていた。だが、のちに誓子自身、「炎天さめゆけり」の句は占領軍が喜ばないと判断し、自ら「抹殺」したと語っている。戦時中にあっては官憲を配慮し、戦後にあっては占領軍の反応を慮った誓子の内心はそれこそ「激浪」が逆巻いていたはずである。次の自註がある。

私はその日、水平線の上に光る白帆を見た。それを見た瞬間、私はその帆を自分の裡より出て海上に立つ帆と直観した。言い換えれば自分の裡に帆があって、それが海上に投影せられていると直観した。
物の帆と心の帆とは一体なのであった。（中略）これが私の詩体験である。

誓子は他にもこの句が禅だとの評を聞いて、禅の語「啐啄同時」を引用し、「禅で言うこの言葉の、『啐』は卵の内側から雛が嘴で殻をつつくこと、『啄』は卵の外側から親鳥が嘴で殻をつつくことである。内側からの啐と、外側からの啄とが出会った刹那に禅の悟りがあるというのだ。私の場合も心に懐きつづけていた帆が海上の帆と出会ったその刹那に無心恍惚の境に入ったのだ」と解説している。だが禅を持ち出すまでもなく、この句は、下五の「わがこころの帆」が詩情豊かで斬新な表現であることだけで充分ではないだろうか。抒情の甘さに傾かないのは、何よりも上五の「炎天や」という過酷な天候を表した季語のお陰であり、この季語の選択はいかにも誓子らしい。
塚本邦雄は、「ロマンティシスム」の作であり、「ゆらりと決まった型の見事さ」があると評した。山本健吉は、孤独な心の拠り所として、この一見稚拙な表現とも言える「こころの帆」が胸中に「一点牧歌的な赤い灯をともす」と論じた。また木枯は中七以降に敗戦の感慨が滲んでおり、いまでも伊勢湾の白い帆が目に浮かぶと語る。

なきやみてなほ天を占む法師蟬

『遠星』

昭和二十年年九月六日作。つくつくぼうしがあちらこちらの木々から声を降らせている。その声はかしましくもあり、哀切でもある。ふと声が途切れて静寂が訪れたとき、あたかもその声がなおも天を充たしているように感じた。作者の耳に残った余韻が逆に天空に響き渡り、法師蟬の生命を宙に充満させる。

木枯はこの句が新しい誓子の境地を示す作だとして、意図して選んだ。誓子は、「天の隅々までしみわたっていた法師蟬のこえが、なお天を占有し、支配していた」「漫画家の岡本一平が『ひけあとの気配《けはい》』と評したと自解に記している。不在のもののなお残る存在感を聴覚で捉えた面白さがある。

終戦の年もさまざまな小動物「蟻地獄」「甲虫」「蟬」「蚤」「ちちろ虫」が詠まれており、この日は法師蟬の句〈法師蟬机に膝を正すとき〉〈法師蟬こゑがどこかにはねかへり〉〈法師蟬遠しも海のある方《かた》に〉〈その木ぞと幾人《いくたり》も見る法師蟬〉など五句ある。

戦後、伊勢の木枯のところを、松坂出身の神生彩史が兵服のまま訪ねてきた。戦地から帰還して郷里に帰る前に、木枯の所在をようやく探し当てたのだという。草城の「旗艦」の四天王と呼ばれた彩史は、誓子の消息を尋ね、『炎昼』の俳句の話をしていった。新興俳句作家として特筆すべき彩史には〈貞操や柱にかくれかがやけり〉〈抽斗の国旗しづかにはためける〉〈荒縄で縛るや氷解けはじむ〉などがある。

掌《て》を出して妻の睡れる虫の夜

『遠星』

昭和二十年九月三十日作。虫の声が重なり響き、その合唱の中で妻がかすかな寝息をたてている。夜具の胸元にのぞかせた掌は、日ごろの家事でやや荒れている。気持ちよさそうな寝顔と掌を見守っているうちに、作者の心も安らぐのである。

木枯はこの句を平穏な雰囲気が描かれており、少し色気のある作品だと評価している。掲句の作られる二日前に、〈句を見ねば君の遠さよ秋の風〉がある。誓子は奈良のあやめ池に住む橋本多佳子の元に句稿を疎開させていた。多佳子とは戦中も俳句を通じてのやり取りがあり、師弟の交流を深めていた。終戦の年、多佳子は心労が重なり句作に集中できない状態だったが、「秋の風」の句を誓子から受け取り、大いに励まされた。

第六句集『遠星』（昭和二十二年刊）には、昭和十九年十一月一日から二十年十月三十一日までの一年間に亘る句業、千三十九句が収められた。後記に「一日として作句を懈る日はなかった」「五百有余句を棄てたから、時には載するに句なき日を生ずる」「家に静安を保つて、養生を事とする私の、極めて狭い環境から生れた句業」などと綴られている。

平畑静塔は、『遠星』の解説に、「生命の強きものからはその余波を我がうけ、生命かすかなるものには我の生命を授けて、我と外界との生命の均一化を図って諧和せむとするのが、伊勢時代の誓子のすべてに通じる思想」だろうと述べた。また、昭和二十年六月に誓子の自宅大阪市宰相山の家屋蔵書一切が空襲によって灰燼に帰し、波津女夫人の生家浅井家も炎上した。この「不幸きわまる年」に詠まれた『遠星』作品にもかかわらず、誓子の俳句は「一歩も乱れず」、「この時代に、本当にまともな芸術技芸のみちを、ひそかに続けた日本人は少くはなかった筈である。華やかに即時局的に活動した人々の蔭にかくれて、こっそり倦まず怠らず、自己の芸を磨いていた人々のことであり、ここにある誓子もその一人であったのだ」と高く評価している。

昭和十五年に言論弾圧のため検挙、投獄された静塔は、「華やかに即時局的に活動した人々」を苦渋を嚙みしめて見つめていたに違いない。そんな戦時下にあって、誓子は創作者としての自分に怠ることのない毎日の句作を課した。暗雲がのしかかる時代に、誓子は対象を凝視して、ますます深く掘り下げてゆく。だが、暗い陰影のある作品ばかりでなく、自由闊達で浪漫的な雰囲気の句も作った。その裾野の広い創作ぶりが、この時期の特徴として、強く印象に残る。同時に、毎日を真剣勝負と心得て、句作を遂行していた誓子の精神力にも感服する。

鶫死して翅拡ぐるに任せたり

『晩刻』昭和二十二年刊

昭和二十年十一月二十二日作。大空を自在に飛んでいた鶫が、むくろとなって眼の前にある。ためしにその翼に指を差し入れて開いてみると、意のままに広がる。もう鶫の意志で拡げることもない「翅」の濃やかな羽毛の哀れさ。次の自解がある。

そのとき私は風邪を引いて寝ていたが、鶫《つぐみ》を持って来て私を慰めたひとがあった。それで、私はいくつかの鶫の句を作った。掌につつむと、鶫はぶらりと首を垂らした。その爪は私の指にひっかかって、すこし痛かったが、可愛らしい爪であった。私は、死んでひたと身にくっつけている双つの翅を両手につまんで拡げて見た。死んでいるというのに、硬さというものは少しもなく、双つの翅はさっと拡がり、その翅をつくっている一枚一枚の羽毛が透きとおるばかりに薄かった。

別の自解には、「死ぬということは、自由を失うこと」だが、「両の翼を拡げたので、つぐみは自由になった」とも記している。死から解放する儀式のように、翼を開いてみた誓子の発想が興味深い。このとき誓子は、来客から受け取った一羽の鶫のさまざまな部分に焦点を当てて描写し、さらに羽をむしって食料として供するまでを、綿密に十三句に仕立てている。〈もたらしぬ鶫を風邪の床にまで〉〈鶫死して翅拡ぐるに任せたり〉〈頸垂れて鶫わが掌につゝまるゝ〉〈掌の鶫かなしやわれの脈うてり〉〈毟りたる鶫をしばしみつめたり〉〈妻も世に古りて鶫を炙りけり〉〈焼鶫うましや飯《いい》とともに嚙み〉などである。

筆者は、掲句だけを読んだとき、野原に傷ついて死んだ鶫を発見した句だとばかり思っていたので、この到来物の鶫を執拗に詠む誓子の執念に圧倒された。

山本健吉は、加藤楸邨の句〈雉子の眸のかうかうとして売られけり〉や〈鮟鱇の骨まで凍ててぶちきらる〉と比較しても、誓子の「鶫」の句は、「即物的で冷た」く、「生硬な表現」に「冷静な作者の体温」さえ感じると評している。

寒き夜のオリオンに杖挿し入れむ

『晩刻』


昭和二十年作十二月二十九日作。張り詰めた寒の夜空に、星座それぞれの緊密な光の図形が組まれている。その中でも、ひときわ厳しく輝いているのがオリオン座である。

誓子は、自解に、「オリオン星座の平行四辺形は水を湛えた水槽のように見える。ステッキを持った私は、衝動的にステッキをその水槽の中に突き込んで、中の水を掻き回したくなる」と記した。

星を愛した誓子は、星の句をたくさん作った。後年、野尻抱影にオリオンの句の中で、どれが一番好きかと問われ、この「杖」の句が「自分の意に一番適《かな》っている」と答えている。抱影は天文学者で誓子との共著『星戀』がある。木枯は、この句を読んだとき、終戦後の誓子に、ようやく闘志が湧いてきたのではないかと思ったと言う。

晩春の瀬々のしろきをあはれとす　『晩刻』

昭和二十一年五月十二日作。川を見つめていると、浅瀬はことに水の流れが速く、白濁している。「瀬々」と重ねることにより、幾筋もの川の流れがしっかりと見えてくる。喜怒哀楽の感情表現、特に「あはれ」などという言葉はやたらと使わない方がよろしいと言いながら、実は誓子は俳句に入れたかった。このような使い方に接すると、誠に「上手だなあ」と感心してしまうと木枯は語っている。三月二十一日に作られた〈うしろより見る春水の去りゆくを〉をあわせ読むと、ますます「あはれ」の感慨は深まるのである。

また、掲句の前後に、〈この家を去る日ちかきに春の蟬〉〈新緑に夫たるべしとせし日なり〉〈はるかなる約婚の日や藤も褪せ〉などがあり、来し方への思い、苦労をかけた波津女への労りが滲む作品も見られる。「この家を去る日ちかき」とは、四日市天ヶ須賀海岸への移転のことで、六月に移り住んでいる。この家は、神野三巴女の縁続きの家で、海岸の別荘であった。ここを木枯はたびたび訪れたのだが、砂浜の松林近くにポツンと建っていた貧しい作りの家で、波音が聞えるのみの、実に寂しい所だったと回想している。

濁流に日のあたりたり青葡萄

『晩刻』

昭和二十一年六月二十二日作。梅雨の川は水かさを増し、濁りを強めて、ごうごうと眼の前をよぎってゆく。重い灰色をなした雲間から、不意に光が差し込み、「濁流」が巻き込んだ土の色を顕わに見せている。川岸には垂れさがった「青葡萄」が、危なげに濁流の上へ蔓を差し伸べている。

当日の句に、〈青梅に仏龕の金ひかりけり〉〈つくばひの杓こそばゆし蟻がゐて〉〈駅前の出水を照らすいなびかり〉などがあり、梅雨の大雨による出水の被害が、駅前にまで及んでいたことがわかる。

六月には「蚤取粉」の句〈蚤取粉黄なるをふりて寝入りたり〉〈寝しときにしばしつめたき蚤取粉〉などが作られていて、蚤に悩まされていた生活の様子がよく伝わってくる。ほかには「巣燕」「蟹」「蟇」「蛾」「蠓」「揚羽」など、おなじみの身ほとりの小動物が俳句のモチーフになっている。

そのころの陰を過ぎ来るきりぎりす　『晩刻』

昭和二十一年七月十二日作。木陰、軒の陰、葦簀《よしず》の陰、さまざまなものが強い日差の元に濃い陰を作っている。具体的な物を提示せず、「陰」だけで物の存在感を強く印象づける。きりぎりすのはかない声が、さまざまな陰を経て、切れ切れに聞こえてくるばかりだ。

木枯は、「そのころの陰を過ぎ来る」が大変うまい表現だと評する。この句を読むと、しんと静まり返った中、かすかなきりぎりすの声、撫でるような波音、通う松風、海光の明るさばかりがしみじみと思い出されるという。

この日は、〈葭戸はめて蔵書増えたるかと思ふ〉〈美青年泳ぎ来りし脛毛濃し〉〈葭簀茶屋海いくたびも色を変へ〉〈夕焼けて巌に湛ふる水も染む〉〈食あたりかくまで昼の蚊帳暗く〉が掲句のあとに続く。

月明の宙に出で行き遊びけり

『晩刻』

昭和二十一年九月十日作。「月明」のあわあわとした光が地上に降り注ぐ。その美しさに、思わず身内がうずくような痛みさえ感じる。内部からなにかが湧きあがり、身体を離れて、すうっと月光の中へと漂い出てゆく。その不思議な遊離感覚が「遊びけり」と言い止められた。背景には白い砂浜と月があるのみ。

当日の句には、〈月光に机べつとり蒼くして〉〈夏よりの木菟に涯なき青月夜〉〈月の夜のあまり明るく妻を愛す〉〈きりぎりす聴くときいつも立姿〉がある。

この句を誓子は、「孤独の私」が存在し、あたかも「夢遊病者のように月天を彷徨した」と述べた。発表当時、問題となった作であり、秋元不死男は、誓子もこのような句を作るのかと驚きの声を上げた。また、平畑静塔は、この句を集中の傑作のひとつに挙げた。

誓子には、昭和十二年作の〈月光は凍りて宙に停《とど》まれる〉(『炎昼』)があり、こちらは厳しい寒気にあって、月光自体が宙に凍りついた、凝縮され、永遠と化した時間が感じられる。これに対して、掲句には、ゆるりと漂う自由な時間があり、あたかも魂が漂い出たような自在さがある。観念的でありながら、そこがまた別の魅力となっていよう。

猟夫《さつお》と逢ひわれも蝙蝠傘肩に　『晩刻』

昭和二十一年九月二十八日作。猟師が川を渡ろうとして、長い猟銃を肩に担いだ。作者も手にした黒い蝙蝠傘をひょいと肩にしてみた。猟師のまねをしたおかしさがあるが、猟師からは殺生の匂いがして、すぐに笑みを飲みこんでしまう緊迫感がある。

この日はいつも以上に多作である。そのうち、〈天が下魚養ふことも寒《さむ》〉〈流れはやし猟銃肩に川渉る〉〈夕焼の下を進めり猟の犬〉〈歩きゐし猟夫《さつを》堤の上になし〉などと掲句の六句が「猟の犬」のタイトルで、昭和二十三年、橋本多佳子、榎本冬一郎が始めた俳誌「七曜」創刊号に掲載されている。人口に膾炙した句〈夕焼けて西の十万億土透く〉も、この日に作られた。また、忘れ難い猟の句として、十月十日に作られた〈一湾をたあんと開く猟銃音〉も挙げておきたい。

われありと思ふ鵙啼き過ぐるたび　『晩刻』

昭和二十一年十月十一日作。大気を引き裂くように、鵙が強い声を上げて頭上を過ぎ去ってゆく。そのたびに、はっとなって大空を仰ぐ。自解には、「こえを聞くまでは、何も思わずにいたのである。吾が不在だったのである。ところが、もずの鋭いこえにはっとして、自分自身を取り戻したのだ。そのときはっきり吾在りと思ったのである」と書く。
誓子がこのような忘我の境にあったのは、ただひたすら繰り返す波音だけに耳を傾けて無心でいたからだろうか。それとも、なにか重要な主題を追い詰めていて、現実の音が耳から遠のいていたのだろうか。いずれにしても、鵙の厳しい声で吾に返ったことを「われありと思ふ」としたところに詩情が生まれた。また、表現には哲学への傾倒が感じられる。

この年の十月一日、草田男の主宰誌「萬緑」が創刊された。かつて「成層圏」で草田男に指導された仲間の余寧金之助、堀徹、川門清明、岡田海市らが結社誌発行を企画し、武蔵野市吉祥寺の三誠堂から刊行されたのである。当時の定価は四円、三十二ページであり、虚子の五句と祝辞、齊藤茂吉や高村光太郎からの手紙も掲載されている。木枯はこの創刊号を手に入れ、さっそく誓子の元に持参した。誓子は、「おお、草田男君がいよいよ出しましたか」と感慨深げに言って、創刊号を食い入るように読んでいた。その姿を、木枯ははっきりと目に焼きつけている。同年生まれで、何かにつけて比較される草田男のことを、誓子は永遠のライバルとしていつも気にかけていたのである。

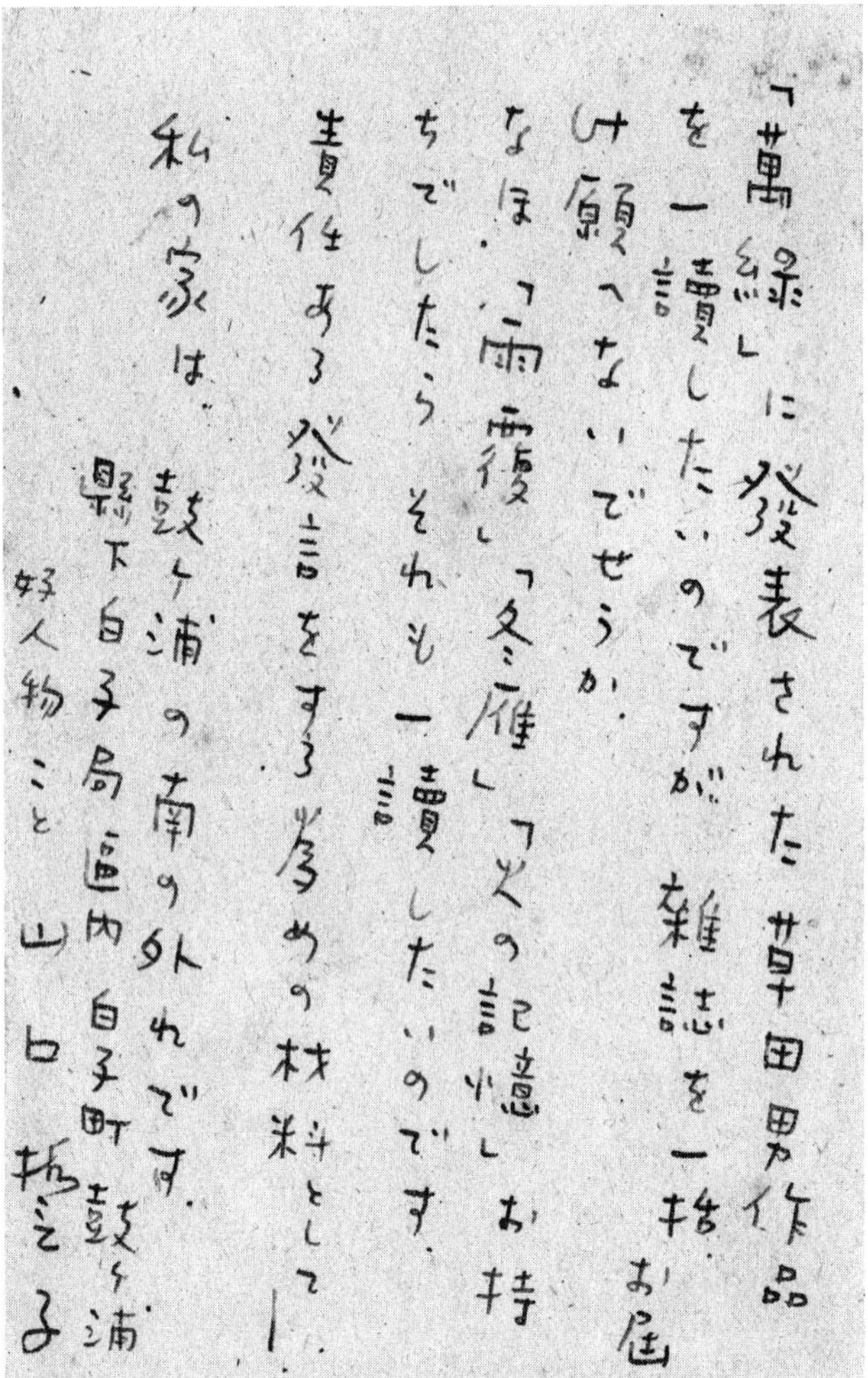

「萬緑」に發表された草田男作品
を一讀したいのですが雑誌を一括お届
け願へないでせうか
なほ「雨覆」「冬雁」「火の記憶」お持
ちでしたらそれも一讀したいのです
責任ある發言をする爲めの材料として
私の家は鼓ヶ浦の南の外れです
縣下白子局區内白子町鼓ヶ浦
好人物こと山口誓子

木枯宛の葉書。自ら「好人物」と書く茶目っけが見える。

（昭和二十三年十月九日）

堪へがたし稲穂しづまるゆふぐれは

『晩刻』

昭和二十一年十月二十五日作。日中は風が稲田を吹き過ぎて、ざわざわと音を立てていたが、夕方になって海も凪ぎ、「稲穂」もしんと静まり返っている。たまに鳥の声が聞えても、まるで稲穂が吸収したように、すぐにあたりは静寂に包まれるのだ。その無音の世界に堪えかねて、作者はぐっと腕組みをしてみる。誓子独特の抒情があり、ほかにこのような句を作る俳人はいないと木枯は断言する。

この日は、〈百姓の胸白くして甘藷を掘る〉〈家長たり無花果もいで直ぐ啜る〉〈通り来し稲田をいまは一眸す〉〈稲田来ていつの間に手の甲の傷〉も作られた。

同年の九月、二十六日付の朝日新聞の「俳句の復活」に誓子はこう記す。

俳句復活が他の文芸に先んじて為されたのは何故か——と問われてゐる。
俳句はもともと自然詩である。人間が自然と一つになることから生れる詩である。こゝでは、自然にすがるといふことが飽迄も要求されてゐる。自然にすがることは、現実逃避となることもあり、人間表現の象徴となることもある。（中略）戦後の俳句は変つたか――と問われてゐる。（中略）作家は戦争の中を身を以て通り過ぎて来た。そしてその激しい過程に於いて、人間精神を鍛錬された。さういふ精神が俳句に現はれぬ筈はない。それが現はるべきものとすれば、それもまた自然にすがることのうちに現はれねばならぬ。それは自然に深い意味を見出すことに進むであらう。それ以外に道はない。人間精神の鍛錬のきびしさが、自然探究の深さとなつて現はれるのである。

この言葉こそ、誓子の戦中の厳しい体験を総括して得られた俳句観である。また同年、「現代俳句」十一月号に、次のような所感を表明している。

現実を無視しない句作態度を、私はリアリズムと呼称してゐるが、リアリズムは、私にあつては、戦前と戦後とでその貌を変じたやうに思ふ。戦前の私は、都会の真中に住んでゐて、都会の現実を主人としてゐたから、私の俳句は所謂アスファルト俳句になつた。（中略）その後、私は病を養うて、田舎に移り、田舎の現実が私の主人となつた。その現実は、俳句の本来伝統する現実で、絶好の現実であつた。（中略）戦争は容易ならぬ情勢に立ち入つた。病を養うて行動の自由なき私は、生死の境に曝されるやうになつた。空爆下に死を覚悟する日がつゞいた。もともと自己の完成を終生の目的とする私は、死ぬとすれば、一歩でも完成に近づいた自己として死にたかつた。私は、私の俳句を飽迄追求した。私の自己鍛錬はいよいよきびしかつた。

このように、誓子は、戦前と対比させて、戦中の境遇と覚悟を綴り、療養中の病身の甘えなど微塵も無い、死を見据えた作家としての真剣勝負の毎日を表白している。

柘榴の実の一粒だにも惜しみ食ふ　『晩刻』

昭和二十一年十月三十一日作。柘榴の実にくちびるを当て、真っ赤に熟れて割れた中から剝き出しになった実を一粒一粒、大切に啜る。甘い液体を余さず吸い尽くさんと心を集めて。「一粒だにも惜しみ食ふ」には、まるで心の飢餓感を鎮めるような必死さがある。
　この年の十一月、大きな議論を巻き起こした、桑原武夫の「第二芸術——現代俳句について」が「世界」誌上に発表された。桑原は、一流大家と素人の俳句十五句を無記名で選ばせ、作品の価値に大差がないという実験結果から、老人が余暇に菊作りや盆栽に専念するのを芸術と呼ばないように、俳句も「芸術」ではなく「芸」と呼ぶのにふさわしいとした。そして、「しいて芸術の名を要求するならば」現代俳句は「第二芸術」とすべきだと論じた。これに対し誓子は翌年一月六日付の朝日新聞に次の反論を発表した。

　氏はさきに述べた大家の諸作を理解しがたしとし「作品を通じて作者の経験が鑑賞者のうちに再生産されるといふのでなければ芸術の意味はない」そこに現代俳句の近代芸術としての弱点があると云ふ。しかしそれはたまたま選ばれた作例が悪いのであつて、かく断定することは性急といふ他はない。（中略）
　氏は更に一歩を進めて「西洋近代芸術の精神を俳句に取り入れるといふことは一つの賢明な道であるやうに見える。しかしそれは決して成功しない」と云ひ、「人生そのものが近代化しつつある以上、いまの現実的人生は俳句には入り得ない」と云ふ。（中略）桑原氏の結論は、私達の俳句を現代人が心魂を打ち込むべき芸術に非ずとする。私達はそれにも拘らず「全人格をかけて」努めようと思ふ。氏も温かきまなざしを以て現代俳句を見守られんことを祈る。

誓子の書きぶりは穏やかだが、強い決意表明でもある。桑原が「芭蕉以来の俳諧精神の見なほしはこれからの日本文化の問題を考へてゆく上に不可欠である」と論じたのに対し、芭蕉という作家の追従不可能な存在を心に据えた上で、誓子は「俳句は回顧に生きるよりも近代芸術として刻々新しく生きなければならぬ」と将来を見据えた提言をしている。

戦中・戦後の三部作、『激浪』『遠星』『晩刻』は、誓子の境涯の中で、最も高く評価されるべき句集群である。三部作最後の『晩刻』（昭和二十二年刊）は、昭和二十年十一月より二十一年末までの約一年間の八百句を収めている。静塔はこの時代を、「汽車は窓から割りこまねば」乗れないほど混乱していたが、四日市市天ヶ須賀の誓子居への便は、近鉄電車を使って通うことができ、幸い国鉄ほどは荒廃していなかったと綴る。静塔、多佳子、三鬼らが奈良の日吉館で膝を詰めて句会をし、誓子を迎え「天狼」を創刊しようと図っていた時期でもあった。ちょうど中国の三国志のように、「誓子出蘆の願いは三度以上はつづいた」と静塔は明かす。

また、『晩刻』の最終近くに置かれた句〈日のあたることすぐさめて枯野なり〉を静塔は、「さめて」には枯野の「あはれ」が滲み出ており、平常心の中に、物の存在の根源に触れる「平淡で中が滋」である俳句の証左があると指摘している。さらに作家としての誓子とその業績を『晩刻』は山口誓子と云う俳人が、近代俳句を大成さしたことを、後世に証しを立てる道標として打ちこまれた、第一道標の如きもの」と高く評価した。

静塔は、このように誓子を「近代俳句の大成者」として俳壇史に位置づけた。それとともに、終戦直後の混乱期にあっても、対象を凝視し、自然観照を深めた作風に弛みが無く、表現においても自己研鑽を厳しく追及する誓子の姿勢が反映した『晩刻』を、記念すべき句業の記念碑としたのであった。

わが友の来るも帰るも雪の伊賀

『青女』昭和二十五年刊

昭和二十二年一月二十四日作。信頼のおける友人が、自分の家を訪ねてはるばるやって来る。友の辿る道程には、往復とも芭蕉の故郷である「雪の伊賀」を経なくてはならない。雪の風土がまぶたの裏に白く浮かぶ。

掲句の美しい調べが実に心地よいと木枯はいう。当日の句は、この一句のみ。前後に〈寒葬《かんはふ》りはや散ずべきとき至る〉〈極近く海を湛へて薄氷〉〈水栓の凍せつなけれ海の寓〉〈雪降るにまかす夜なかの鼠捕り〉などがあり海辺の凍りつくような寒さが伝わってくる。掲句には、次の自解がある。

この「友」は榎本冬一郎氏である。冬一郎がやって来ると、いつも途中で作った句を直ぐ清記して私に示した。（中略）

大阪には雪はなかったが遙々電車でやって来て伊賀に入ると、山の多いその土地には雪が積もつてゐて、それがこの詩人を喜ばせた。しかし伊賀を出抜けてしまふと又雪はなくなる。それから私の家までは随分と距離があつた。

誓子は、「雪の伊賀」に創作意欲を掻き立てられて、掲句を作った。自由に往来する冬一郎に対して、療養の身の自分は思うように外出もできない。羨望の思いが自解には素直に表白されており、そんな誓子に親しみを感じる。こうして、たびたび訪ねて来た冬一郎は、この当時、三鬼と同様に誓子師事の意志を固めていた。この翌年、昭和二十三年一月に「天狼」は創刊され、同時に多佳子と冬一郎の「七曜」もスタートすることとなる。

オリオンの角《かく》婚礼の夜は暖《ぬく》し　『青女』

昭和二十二年二月二十四日作。オリオンは、海神ポセイドンの息子で、美しい容貌の狩人とされる。乱暴に困り果てた大地の女神ガイアが、さそりの毒針で命を奪ったとギリシア神話に描かれた。寒い夜空に、オリオン座がくっきりと浮かびあがり、その中でも一段と明るいベテルギウスは、おおいぬ座のシリウス、こいぬ座のプロキオンとともに冬の大三角を構成する。ひときわ目立つオリオンは、夜空の星座を読むのに良い手がかりとなる。この句では、くっきりした「オリオンの角」が闇を引き締めており、知り合いの「婚礼」のあった夜は、いつもの厳しい大気も少し弛んで、春を実感させるように「暖」かい。新朗新婦の門出へ寄せる、祝福の思いが反映しているのだ。

誓子はことさら星を愛した。特に「オリオン」の句はたくさん作ったが、中でも、この句は表現が新しいので惹かれると木枯は言う。

この日の前後には、〈海の鴨粗朶《そだ》にも入りて浮き沈む〉〈陽炎《かげろふ》が鉄路の果を見せしめず〉〈海苔《のり》乾場《ほしば》透きとほる火を焚きはじむ〉〈春の日やポストのペンキ地まで塗る〉などがある。

げぢげぢよ誓子嫌ひを匍ひまはれ　『青女』

昭和二十二年四月九日作。「げぢげぢ」の正式名称は「ゲジ」で、「蚰蜒」と書き、節足動物のゲジ目に属する。一般的には、ゲジゲジと呼ばれ、動きが素早いので「験者（げんじゃ）」が訛り、「ゲジ」と呼ばれるようになったとの説がある。

姿の不気味さで毛嫌いされるげじげじに呼びかける形をとり、「誓子嫌いを匍ひまはれ」と命令形で表現して、アイロニーとユーモア双方の味つけがある。

誓子俳句の特色に、「非情」「即物性」などがあり、誓子自身の性格としても、すぐに胸襟を開いて打ち解けるタイプではない。そこには、幼児から親元を離れて祖父母に養育され、妹たちも散りぢりになってしまった、屈折した生い立ちが暗い影を曳いていると言えよう。そのような陰影が誓子という人間に酷薄な印象を与え、作品をも親しみにくくしてしまうのだろうか。誓子のファンとそうでない者とは、自ずから二分されてしまうようだ。誓子も厳しい批評にさらされて辟易していたのだろう。多佳子の句集『紅絲』の序文に「実作者にとつて批評ほど鬱陶しいものはない。といふのは、世上の批評は聴くべき批評と聴くべからざる批評とがまじりあひ、又批評さへすれば相手の作品が改まるものと思ひ込む書生臭い批評が多いからである」と述べ、敵意ある批評の連打に対抗している。

木枯は、「誓子嫌い」の代表者とは、山本健吉のことだと語る。たしかに誓子の「批評」に「短い物さしで長い物を計ってはならない」との厳しい一文があり、それは健吉に向けられた反論である。また誓子の句が、ある地方誌でけなされたとき、誓子が「書いたのは、いったい、どんな人ですか?」と、木枯に尋ねたこともあったという。ささいな評判も、誓子は気になったのだ。

昭和二十年に誓子の宰相山の書庫が戦火で焼けてしまい、誓子が蔵書を失ったことは、前に記したが、誓子は伊勢の家の畳の上に、その後ようやく手に入れた書物を積んでいた。のちに、木枯が訪ねたところ、誓子が「京都御所の築地がどうなっているのか分からない

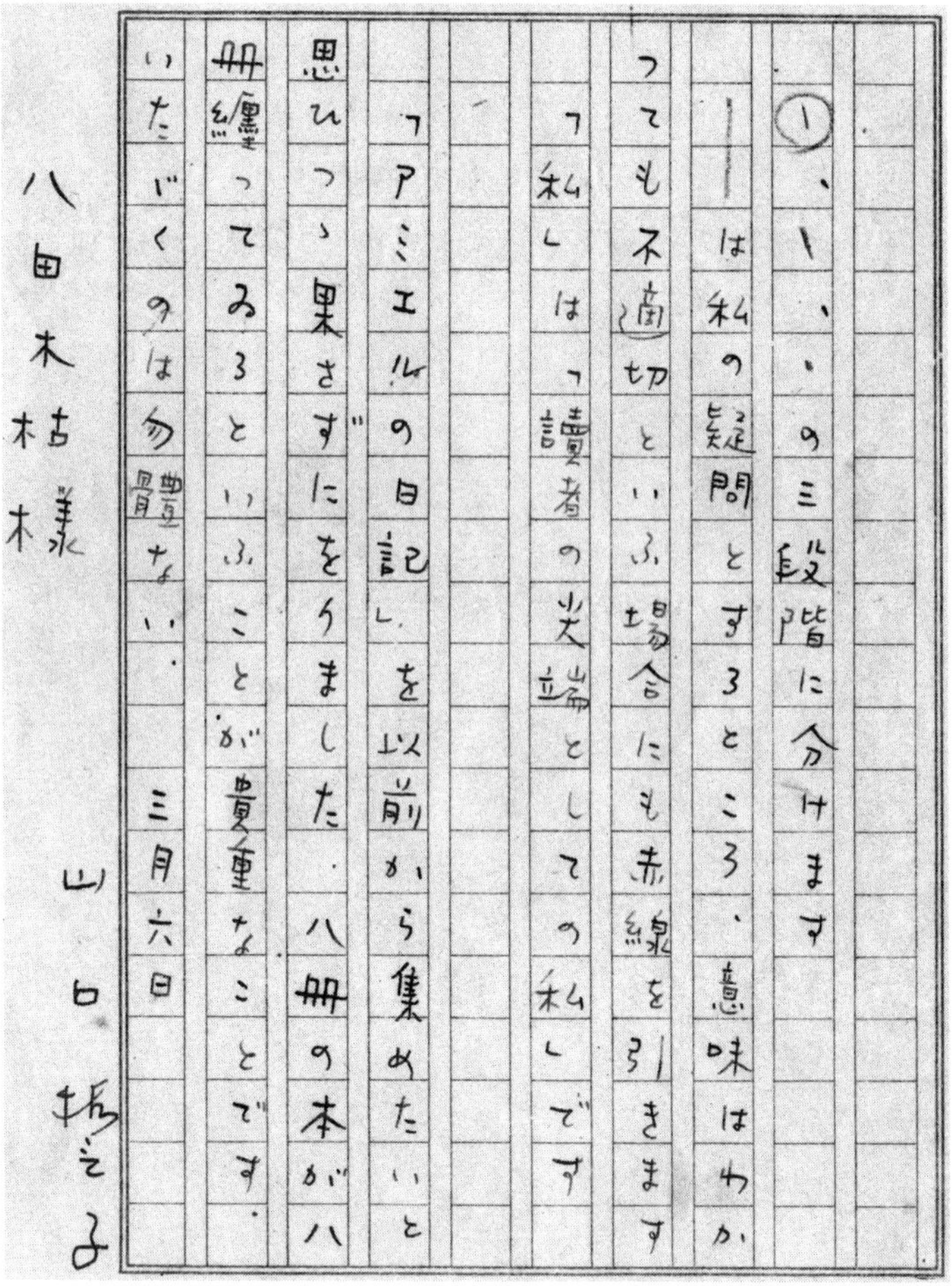
①、ー、・の三段階に分けます
ーは私の疑問とするところ、意味はわか
つても不適切といふ場合にも赤線を引きます
「私」は「讀者の尖端としての私」です
「アミエルの日記」を以前から集めたいと
思ひつゝ果さずにをりました。八冊の本が八
冊纏つてゐるといふことが貴重なことです。
いたゞくのは勿體ない。
三月六日
山口誓子
八田木枯様

（昭和二十三年三月六日）

記号は上からマルチョン、ナガボウ、チョンと読み、本選、予選などのマーク。木枯も誓子に倣っていた。

のです」とこぼすので、木枯は京都へ実際に赴き、文化文政時代の「京都洛中図」を手に入れた。後日、その地図を手渡したところ、誓子は大変喜んで、「これで疑問が解けました」とほほ笑んだ。さらに、当時人気があったスイスの哲学者、アンリ・フレデリック・アミエルの『日記』(岩波文庫八冊)を見つけて誓子に届けたら、嬉しさにすぐ礼の葉書がきた。誓子には、大いなる知識欲があり、友である書物を送るよう、頻繁に木枯に依頼していた。昭和初期にはマルクスを病に憑かれたように読みふけっていた誓子だったが、その読書の裾野はとても広かった。木枯とは、俳句のみならず文学一般の話をした。突然「横光をどう思いますか?」と問いかけることもあった。また、富田出身の丹羽文雄のことを、「あの端正な顔で話しているのに、居眠りをしているご婦人がいました」と、丹羽の講演を聞きに行ったときの印象を、誓子はあきれ顔で木枯に語っている。

萬緑やわが掌《て》に釘の痕もなし

『青女』

昭和二十二年四月十七日作。イエス・キリストの磔刑像には、掌と足の甲に、釘に打ち抜かれた黒々とした痕がある。夏の生き生きと活力を増す緑の中、旺盛な生命力を呈する自然に対して、自分は、いのちの大切さを細々と繋ぐばかりだ。作者は、しみじみと生きることのはかなさを味わいながら、日に焼けることもできない青白い手足を眺めて、「釘の痕もなし」という感慨に耽ったのだろう。きっと自分の運命について、もうこれ以上、過酷なことが身の上に降りかからぬようとの祈りにも似た思いがあったに違いない。

この句について、永田耕衣は、「作者はイエスという対象に向かってある程度の自己否定」をしているのであり、「万緑感は造物主的にその色彩を改め、それゆえに十字架上のイエスの姿が髣髴と」そこに印象づけられると述べた。これに対して神田秀夫は、「キリストを冷罵」した句と解釈するべきで、「万緑」すなわち「自然力こそ」救いだとの句意だと主張した。これらの極端な見解を踏まえた上で、山本健吉は第三の説として「病人の眼にキラキラ照り映える万緑が、神経反射的に自分の掌に釘を打ち込まれるイメージを生みだし」、釘痕のない自分の掌を凝視しているイメージなのだと解説した。筆者はさらにここに、誓子の前途無事の祈りがあると思うのだが、どうであろう。

草田男の句〈万緑の中や吾子の歯生え初むる〉から「万緑」の季語が定着した。この語は、王安石の詩「万緑叢中紅一点」から引用されたと言われる。誓子はライバルである草田男を意識してこの季語をあえて使ったのだろう。草田男の第一句集『長子』は、「ホトトギス」の伝統俳句を踏まえたものであったが、それよりも誓子は、第二句集以降の季語の象徴性や独自の表現などの草田男俳句の新しさに注目すると、木枯に語っていた。のちにも草田男作品を送ってほしいと木枯に頼んでいる。

『青女』では「万緑」は、この一句のみだが、昭和四十二年刊行の『方位』には〈万緑の中放棄畑放棄林〉〈万緑に石組《いはぐみ》人間不在の詩〉など七句も収められている。

波にのり波にのり鵜のさびしさは　『青女』

昭和二十二年四月十七日作。鵜はペリカン目の鳥類であり、潜水と泳ぎに適したスリムな体型をしている。よく海岸の岩場などで、翼を半開きにして日光浴している姿を見かける。風が強く吹くと、喉袋がふるふると震えているのが目立つ。ラテン語から由来した英語名が「海の鴉」ということからわかるように、肢体は黒っぽい暗緑色の羽毛で覆われている。この句の鵜は、繰り返し寄せくる波に乗りながら、海にぽつんと墨色を点じている。「波にのり」のリフレインが心に沁み渡り、さびしさが深まってゆく。

木枯は、この句を高く評価して、こんな自在な作り方ができる作家は、ほかには居ないと言い切る。また、普通敬遠される「さびし」「あはれ」は、「言はねばならない時に使う」と誓子は木枯に語っていた。そのことが実践された例である。

自解には、この句のできた背景を「知多半島の鵜山に行って、その営巣を見た。天ヶ須賀の海に浮いていた鵜は、その知多半島から飛来した鵜にちがいない」と記している。ひたすら寄せては返す波に身を任せている鵜を見つめているうちに、その孤独な姿が己の姿に重なったのであった。当日の鵜の句に〈わが見ずば誰も見ざらむ波間の鵜〉〈暮れちかき海のもなかに鵜は浮ぶ〉〈波の間の鵜は浮き沈みわれは立つ〉もある。

行く雁の啼くとき宙の感ぜられ　『青女』

昭和二十二年五月十四日作。雁が大空を啼きながら渡って行く。はるばる北の大陸を目指し、隊列を組みながら黒い点となって連なって行く。雁の声によって、広々とした「宙」を感じるというところに眼目がある。木枯はこれが「空」や「天」でも、漠々とした空間は描けないであろうと評する。

自解によると、誓子は飛ぶ「雁の群れを、直覚」、「通過している空間を直覚」した。雁の声を耳にしたとき、地上の誓子は、たちまち中空を飛行する雁と一体となったのである。凜々と翼を打ち振る鳥の存在を「宙」の只中に感得したのだ。

雁の句は、『七曜』『激浪』『和服』にも多くあり、特に「ゆく雁」では〈ゆく雁の眼に見えずしてとどまらず〉〈ゆく雁のこゑあとさきに落ちて過ぐ〉の佳品がある。

悲しさの極みに誰か枯木折る

『青女』

昭和二十二年九月三日作。何処からか枯枝をパシッと折る、乾いた響きが聞こえてきた。誰かが、たまたま行く手にある枯れ切った枝に眼に止め、何の気なしに折ったのだろうが、作者の耳には、悲しみの極致にある痛刻の響きとして届いたのである。

自解に「外で枯木の枝の折れる音がした。誰かが折ったのだ。その音を聞いて、私は、悲しみに堪えられなくなった」とあり、悲しみに沈んでいた内面を吐露している。枯れ枝を折る音は、誓子の張り詰めた心を折るような、苛酷な響きを伴ったのである。しかも、「悲しさの極みに」枯木を折るのは自分という一人称ではなく、「誰か」である。この三人称を用いることによって、その悲しみは個人的なものではなく、普遍化される。ここに秀句となる鍵がある。

この年、「現代俳句」編集長だった石田波郷は、桑原の第二芸術論に対する反論をまとめて誌上に掲載した。誓子は「俳句の命脈」というタイトルで次のように述べている。

芭蕉が芭蕉の現実に直面したやうに、私達は私達の新しい現実に直面すればよい。それが芭蕉の「古人のもとめたるところをもとめよ」に他ならぬのである。私達に不可欠なのは新しい現実である。

さらに、桑原ばかりでなく、小田切秀雄、中野好夫、臼井吉見ら短歌的抒情を否定する者たちに対し、「日本の民主革命の為めに、又日本人が近代人間となる為めに、桑が絶対に必要でないならば、桑園を伐って主食を栽培しなければならぬ。しかし、伐ってしまってから桑も必要だと云っても、後の祭だ。一旦伐った桑は短時日には育たぬのである」とも明言している。俳句に携わる者としての使命感と覚悟が表れている。

かの雪嶺信濃の国の遠さ以て　『青女』

昭和二十三年二月十二日作。はるかに目を凝らすと、日に耀く雪山が望める。かなたの小さな冠雪の山こそ、信濃の山なのだ。その距離感が、「遠さ以て」の表現によって、くっきりと心に残る。下五をもし「遠さかな」とすると、平凡な句になってしまうところだ。木枯は、この「以て」の使い方の絶妙な効果を挙げている。そして、当時、「天狼」では、この「以て」が流行したという。

自解には「私の住んでいた天ヶ須賀の家は、四日市の北の端にあった。そこから北方に白い雪嶺が見えた。それは信濃の国の雪嶺だと教えられた。そう思って、私は、その雪嶺を遠く見はるかした」「自分と雪嶺との関係を強調したのである。それは、『遠さ』という抽象語で強調された。関係はいつも抽象である。私は、そのように、具象と具象との間に関係という抽象を看《み》て取る」とある。物と物、対象と己との関係を常に見極め、その関係をいかに適切な表現方法を用いて作品として結晶させるか。そんな「写生構成」に心を砕いていた誓子の句法がよくわかる。

この年の一月、いよいよ誓子を中心とした俳誌「天狼」創刊が果された。静塔の記述によると、奈良の日吉館句会の仲間である、三鬼と多佳子が伊勢の海岸で療養中の誓子をトップに据えて、自分たちの雑誌を出そうと決め、静塔の賛同を得て創刊が実現された。当時の三鬼は無職で、神戸のいわゆる三鬼館に住んでおり、進駐軍兵士の恋文の代筆などをして、日銭を稼いでいるありさまであった。最後には自分のベッドさえ売り払って、「天狼」のために金の工面をした。第一回のメンバーとして、三鬼、多佳子、冬一郎、右城暮石、古屋ひでを、津田清子、堀内薫らが加わった。

「天狼」創刊号には、次の誓子の「出発の言葉」が掲載された。


「天狼」は友情的俳句雑誌。こゝに団欒せむとして、多年の詩友来り集り、私は囲まれてその中に在る。漂ひ漲るものは、友情であつて、必ずしも主義主張ではない。詩友は各自の仕事に没頭し、各自の前進を続行する。私は嘱に応じて、作品の選抜、文章の執筆を担当し、その限りに於て、自らの好むところを徹底する。

私は現下の俳句雑誌に、「酷烈なる俳句精神」乏しく、「鬱然たる俳壇的権威」なきを嘆ずるが故に、それ等欠くるところを「天狼」に備へしめようと思ふ。そは先づ、同人の作品を以て実現せられねばならない。詩友の多くは、人生に労苦し齢を重ぬるとともに、俳句のきびしさ、俳句の深まりが、何を根源とし、如何にして現るゝかを体得した。

詩友は、最も好むところに個性を発揮し、「天狼」をして俳壇に重きを為さしむるであらう。「天狼」は、新しき時代の、新しき形態である。

このように、新俳句雑誌創刊にあたって力強い宣言を発したのであった。そこには病床に悶々として時を費やした誓子の逡巡は一抹も感じられず、俳壇に打って出ようとする逞しい決意と志が漲っている。仲間たちには克己心を励ます言葉として歓迎されたが、「酷烈なる俳句精神」などの強い語調が、ほかからの反感を買ったのも事実であった。

かすむ雪嶺よ吾を死なしむなゆめ　『青女』

昭和二十三年三月二日作。青空にくっきりと佇立する雪嶺ではなく、かすんではっきりと全容の見えない雪嶺に、作者はかえって安らぎを感じている。圧倒されるような雪の峯よりも、ふんわりと漂うように中空に浮かぶ峰の方が心を寄せることができるのだ。どうぞ雪嶺よ、この自分を死に赴かせないでほしいという願いを籠めて、「かすむ雪嶺」に目を凝らす。自解には「かすむ雪嶺は柔らかで和《のど》かであった。いつまでもいつまでも見たいものであった」「病状がよくなかったので、そんな句が出来た」とある。

現実と夢想の境に立つ雪嶺に語りかけるように、「かすむ雪嶺よ」と一気に呼びかけ、十七音は守りながらも、七・八・二の破調で、不思議な気息を感じさせる句である。最後の「ゆめ」は、「夢々」死なせるようなことは、してくれるなよ、とも、眠りに着いた私の夢の中にまで現れて、雪嶺よ、死へとさらってゆかないでくれよ、とも受け取れる。いずれにしても、「ゆめ」とポンと置かれたあとに、読者は手探りしながら、さらなる言葉を補おうとする。「ゆめ」で断絶した世界が、かえってふくらみを増し、抒情の尾を曳いて、読者の心の中にさまざまな思いを生じさせるのである。

誓子は、よく木枯に、「どこを加えて、どこを削るか、大変苦労する」と語り、実際に自作を示して、「ここを直したらどうかな」「この景は、ちゃんと目の前に浮かぶかな」と尋ねたという。掲句のときもそうだったが『青女』に収められた〈海苔掻きて森より帰り来るごとし〉などを挙げて、「どうだろう」と問うこともあった。

八田木枯幕営せずに津へ帰る

『星恋』

昭和二十三年七月十五日作。誓子の作品の中で、人名をフルネームで詠み込んだのは、木枯と住友の上司・恩人の川田順だけである。このとき、木枯は、同人誌の仲間、表鷹見、中恒三郎、松森鏡らとともに、誓子宅近くの砂浜の松林にテントを張った。

「幕営」とは軍隊用語のイメージがあるが、野営のことをこのように普通に使っていた。立ち働く青年たちの様子を見ていた誓子も、和服に下駄ばきで砂浜にずかずかと踏み入り、手伝おうとした。砂浜にはほかに人影もなく、波音と松籟だけが響いていた。夕方五時過ぎには、テントを張り終わり、二回ほど句会をしたが、木枯は、実業のため、津へ戻らなければならなかった。しかし、「仕事があるので帰ります」というのも無粋なことなので、はっきりと理由を言わずに、夜の八時ごろ、誓子の元を一人辞したのだった。

帰路、木枯は、はるばる荷物を担いで誓子宅まで歩いて行った道のりの暑さ、縁側の誓子の元に若者たちが集まって談笑した楽しさ、幕営の間、誓子が珍しくはしゃいでいたことなど、さまざま思い返していた。残った仲間たちは、夜通し俳句談義に花を咲かせていることだろう。それに引き換え、自分は生活のため、実業の世界に戻らねばならない。心には一抹の寂しさがあった。だが、誓子にも、二重の哀しさがあったかもしれない。津は、政治、経済、文化の中心地である。掲出句「幕営せずに津へ帰る」には、華々しい中心地へ帰ってゆく木枯へのかすかな羨望が滲んではいないだろうか。若い友を見送る淋しさと、いまは活躍の場所を持たぬ療養の身である自分の寂しさを重ねて、しみじみ身の上を思わずにはいられなかったに違いない。

このとき、木枯は「虚子の籐椅子」に触っている。同年四月五日、虚子が阿波野青畝、高濱年尾、星野立子らとともに、鳥羽の帰り、見舞に寄ったときに坐ったものだ。この籐椅子は、次の移転先の白子へ運ばれ、白子で台風の高潮でさらわれたあとも「一町ほど離れた」砂の中から見つけ出された。さらに後年、白子から西宮の苦楽園へ移るときも、大切に運搬された。籐椅子への深い愛着を示すエピソードには、誓子の虚子への敬愛の情が溢れている。

二十四年、木枯は主宰誌「ウキグサ」を三十一号で廃刊とし、新しく「星恋」を表鷹見らと創刊する予定であった。誓子はその創刊号に祝句として揚句とともに〈幕営のこの闇さへや吾等が有《いう》〉〈いなびかり洩る雲の扉《と》の片開き〉〈蚊帳かかげ入る幕営のこと思ひ〉

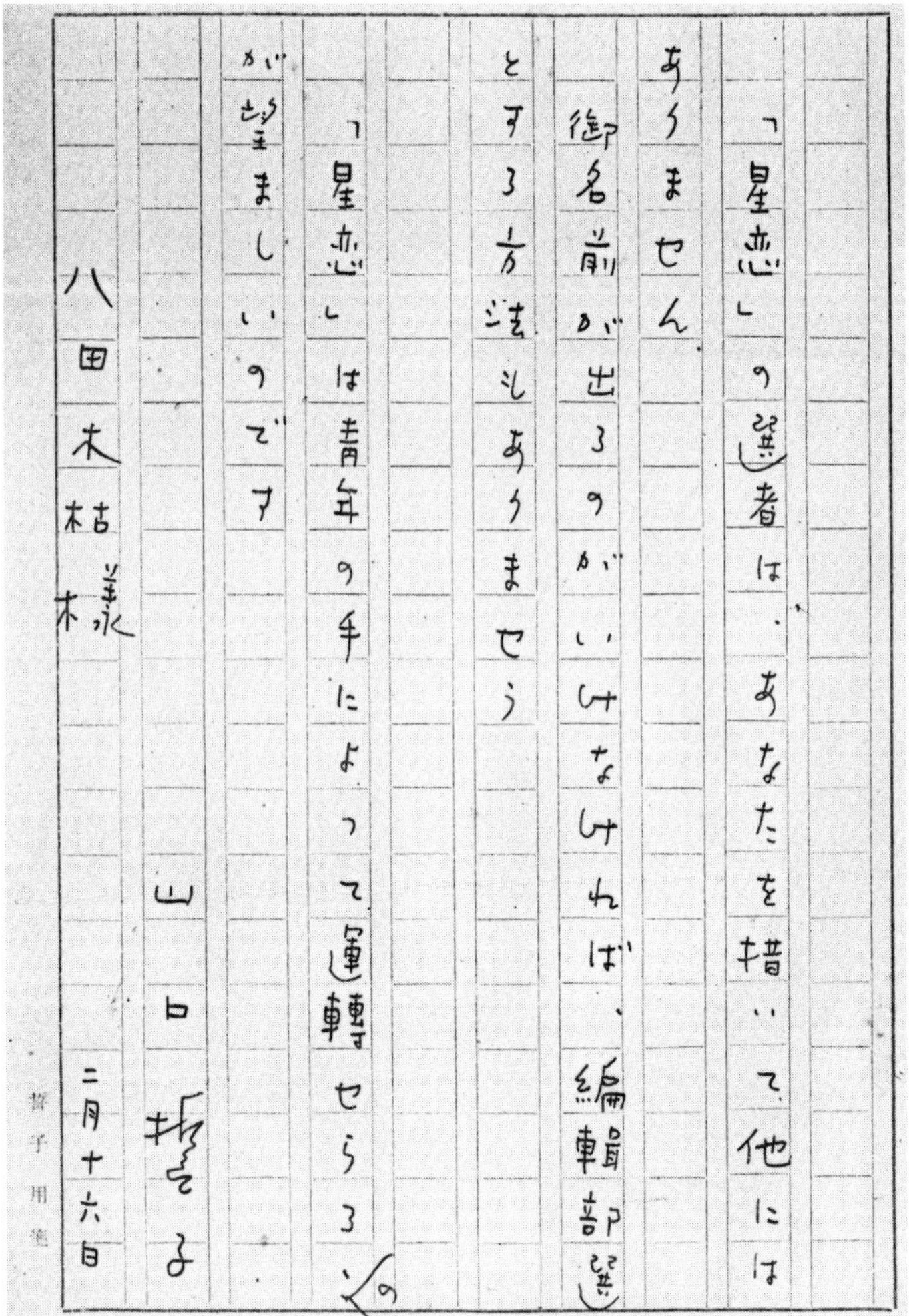
「星恋」の選者は、あなたを措いて他には
ありません
御名前が出るのがいけなければ、編輯部選
とする方法もありませう

「星恋」は青年の手によつて運轉せらるゝの
が望ましいのです

山口誓子

八田木枯様

二月十六日

誓子用箋

20×10

（昭和二十五年二月十六日）

木枯に寄せる信頼がうかがえる。

〈わが友の幕営闇は見せしめず〉〈暑き夜の月はすすまず若き集《つど》ひ〉を贈った。

木枯の盟友表鷹見は、胆が据わったと言えば聞こえが良いが、放蕩無頼、破天荒な人物であった。真面目に黙々と句を作るタイプではなく、俳句には直感的なひらめきを捉える感性の冴えがあった。誓子は当時、この鷹見、津田清子、木枯の三名の才能を見出し、若手三羽鴉と評価していたようで、大いに「天狼」の巻頭を競わせた。こうして活発な「天狼」作品の競詠は、俳壇の注目を集めたのである。

熱なくて遠くのちちろまで聞ゆ

『青女』

昭和二十三年九月二十七日作。いつも執拗な微熱に悩まされていたが、この日は珍しく身体のだるさに煩わされることもなく、五感がすっきりと働いている。耳を澄ませば、離れた所で啼いている「ちちろ」の声さえ、凜々と鼓膜を震わせるようだ。

当時の「ちちろ」の句に、〈くらがりに俯向くことがちちろ虫〉〈ちちろ虫鳴き絶ゆるころこの家《や》になし〉〈配給の藷《いも》はやちちろ鳴きひそむ〉、ほかには、〈泳ぎ来し父子《おやこ》の肉のかたさちがふ〉〈紙魚払ふ殺生戒の為めならず〉〈露けさよ禱りの指を唇《くち》に触れ〉などがある。

これらの句の収められた『青女』（昭和二十五年刊）の後記に、中部日本新聞社より「現代俳句の革新」に貢献して文化賞を受賞し、その記念としてこの句集を編んだと記されている。昭和二十二年一月一日から、二十三年十月一日に至る、一年九カ月の間に得た千九百あまりの句の中から、四百四十句が選ばれた。タイトルの「青女」とは、霜を司る神のことである。「わがしろがねの頭髪を司るのも亦この神であらう」と誓子は書き、当時の作句態度を「素手によって生命（根源）を把握しようと力めて来た。生命は素手によってでなければ摑めぬ故に」「しかしこれは最も困難な道であり、且つ最も危険な道である。この道は平凡との境目を通り、無感動との境目を過ぎるからである」と記している。

何の計らいもなく、心を無心にして対象に向き合い、その生命、源となる本質を見極めようとする態度が、如実にこの言葉に表れている。ただし誓子自身、その道は困難かつ危険を伴うと書いている通り、ともすると平板な月並調の俳句に堕する可能性も出てしまう。新素材、新表現に心を砕いていた、かつての誓子の求めていた句風から、大きく舵を切ったことが明確にされる記述であるとともに、その転換によって生じるリスクを自己分析した結果の言葉とも解されよう。

平畑静塔は、『青女』の作品は、「一切合財が作者の目で見られ、歩いてたしかめられ、心でうなづいて」得られたのだと評した。そして情報過度の時代において、この句集に見られる「人間の実感を育てた上での認識を示す言語表現」は、「人々に新らしい次元の知恵を与えるもの、人間を人間にもう一度復帰さす基礎の認識として、尊重されるようになっているかも知れぬ」と将来の読者の受け止め方を推定した。この言葉は、当時の誓子作品への酷評の多さに反発したものである。当時の「貶す方が多い位の批評」や「不感症」に罹っている批評者や読者にアイロニーをもって報いており、時間が経過してこそ誓子俳句の真価が問われることもあろうと預言したのである。

また静塔は、医師としての立場から、誓子を十二、三年にわたって「病床に釘付け」にした病魔の正体は、「青年時代の肺尖カタル、肋膜炎の延長再発」だったということに疑問を抱いている。後年、苦楽園に移住してからのレントゲン像の診断では、気管支拡張症だった。肺結核の結果の像か判明し難いが、いずれにしても「医師の指示に従って完全に療養を遂行した、その驚くべき規範基準の精神を、芸術の次元に高め」たと評価した上で、そのような遵守の精神を「誓子の作家としての特質の一つ」に挙げたいとしている。

蟷螂の四肢動かざるところに死す

『和服』昭和三十年刊

昭和二十三年十一月作。弱った蟷螂が身体を引きずるようにして這っている。その動きを見守っていたところ、やがてぴくりともしなくなり、とうとう死を迎えた。「四肢動かざるところに」から、生命が尽きるまでの一部始終を見届けた観察過程がわかる。

このとき誓子は蟷螂の動きをずっと凝視して、〈蟷螂が家の北まで行きて死す〉〈蟷螂が死に紅きもの昇天す〉〈紅血を咯きて蟷螂死にゐたり〉を作っている。瀕死の蟷螂がなおも身を護ろうと這ってゆく「家の北」の暗さ、蟷螂の魂とも考えられる「紅きもの」が天に昇って行くという幻視、とうとう最後には「紅血」を吐くという死の描写には、写生を越えて、誓子自身の身の上と切実に重ねられており、生命の末期を描き留めた秀句と言えよう。かつて「蜂の臭を食む」と獰猛なほどの生命力を示した蟷螂も、ついには冬となり命終を迎えねばならぬという哀れがある。

十月には、よく知られた句〈蟷螂の眼の中までも枯れ尽す〉のほか、〈わが病知らず蟷螂吾を攀づ〉〈樹を攀ぢし蟷螂翅でとび降りる〉が作られた。佐藤鬼房は、「枯れ尽す」の句を、「徹底的描写という言葉がある。誓子の言葉を藉りると、根源追求であり、生命の根源に迫る句の範疇に入るだろう」と高く位置づけている。

冬の浪従へるみな冬の浪　『和服』

昭和二十三年十一月作。いくたびも繰り返し、絶えず沖から波が岸に寄せては引き返してゆく。その永劫の運動をただ見守るうちに、「冬の浪」に従うのは「冬の浪」のみであるというリフレインの美しい句が生まれた。毎日、海を見つめることしかできない誓子の日常である。この句には痛いほどの孤独が滲み込んでいる。だが調べの優しさで切実さが和らげられていよう。誓子は、効果的にリフレインを用いた句を作った。それを真似て、このようなリフレイン効果のある句が周囲の人々にも作られるようになったが、掲句がその走りだと木枯は言う。誰でも作れそうだが、この句が原型だとの指摘である。

同月の句に〈もの煮ゆる上をこゑごゑ雁わたる〉〈沖に立つ寒煙船の影もなし〉〈水に浮き穀象なほも生き残る〉〈寒潮の犇きゐるは解しがたし〉などがある。

海に鴨発砲直前かも知れず　『和服』

昭和二十四年一月作。しんと静まり返った海。波の上に浮かぶ鴨の姿が、黒いシルエットを光の中に撒いている。繰り返す波音しか聞こえない静寂世界。だが鴨を狙い澄まして誰かが猟銃の引き金を絞っているところかもしれない。静寂が一転修羅と化す、その寸前の緊張感がある。日常とはそんな修羅寸前の堆積なのだろうか。

自解には「海上に浮んでいる鴨を見た。いつも鴨の悲劇を知っている私は、鴨を見ると、直ぐ鴨を狙っている銃口を思うのだ」「『海に鴨』は、物である。『発砲直前かも知れず』は、事である。この句は、物が事を喚び寄せたのだ」とある。息が詰まるように「かも知れぬ」と思い続け、これは自分の「杞憂」であり「苦労性」と指摘されるかもしれないとも記している。だが、「自由を楽しむ鴨」たちの楽園を破壊する殺戮がいつ起こるかもしれないという緊迫感が、確かに掲句からはひしひしと伝わってくる。

当月の句は、〈炭を挽く堅きところを挽いて過ぎ〉〈風邪の妻起きて厨に匙落す〉〈冬浜を子にてもよけれ誰か通れ〉〈凩の白浪敗れ去るに似て〉など悲哀の滲む句が多い。

寒き沖見るのみの生狂ひもせず　『和服』

昭和二十四年二月作。毎日、毎日、起床してまた寝床に着くまで、目の前にある海、さらには水平線に目を投じて、その寒々とした沖を見る、そんな単調な日常の繰り返しである。一体これは、なんの罰なのだろう。まるでシシュフォスの神話のようだ。自分はそんな「寒き沖」を見るだけの生に甘んじ、孤独と絶望の中に沈み込み、狂いもしないで生活している。自己凝視の末の「狂ひもせず」には、痛切な自嘲とアイロニーがある。

佐藤鬼房は、この句について、「狂うことさえ赦されないリゴラルな存在そのものは、

木枯宛の葉書。ライバルの草田男のことをいつも気にしていた。

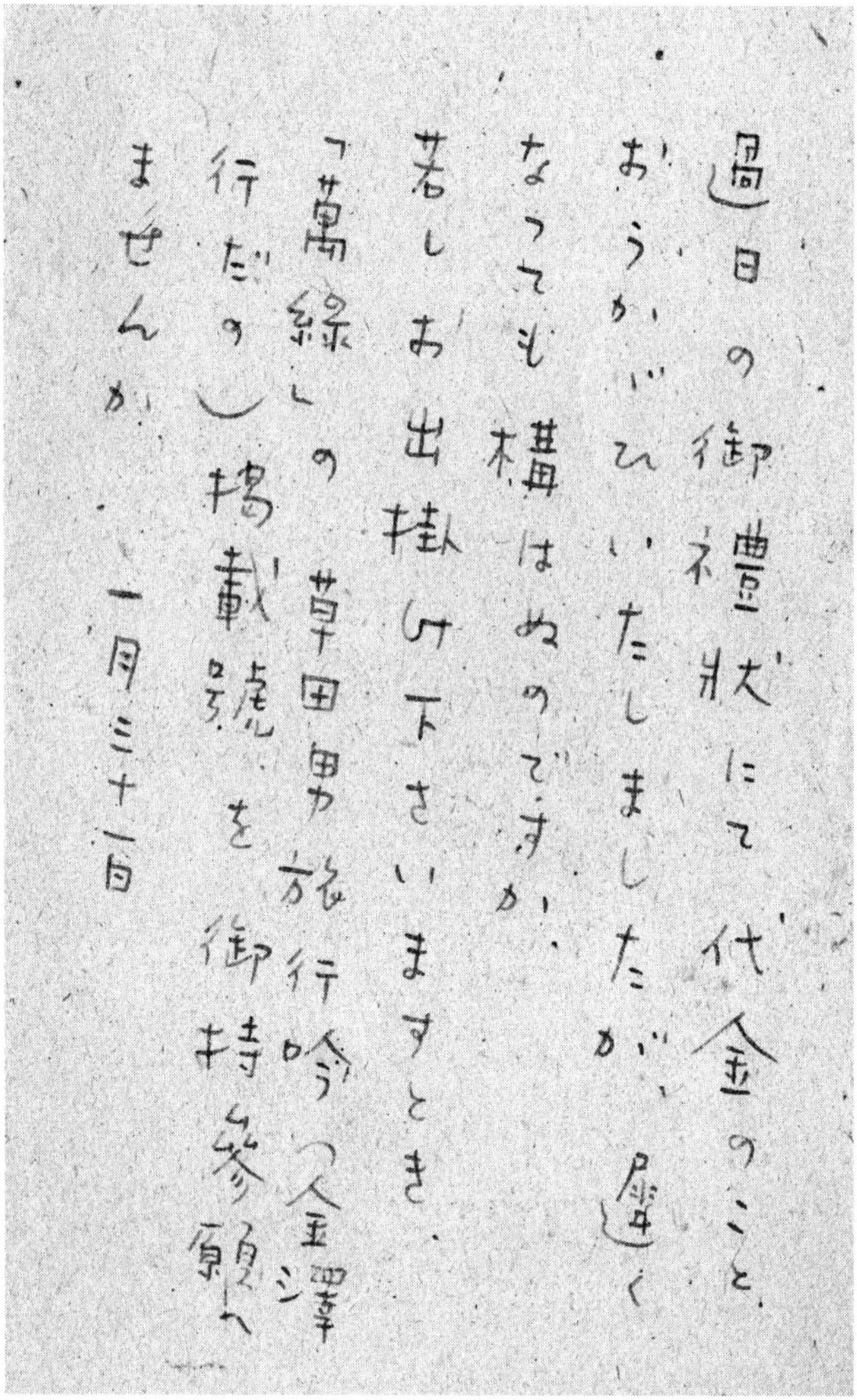

過日の御禮状にて代金のこと
おうかゞひいたしましたが、遅く
なつても構はぬのですが、
若しお出掛け下さいますとき、
「萬緑」の草田男旅行吟（金澤
行だの）掲載號を御持參願へ
ませんか
一月三十一日

（昭和二十四年一月三十一日）

強靭な意志の顕れでも何でもなく、至って脆い精神構造なのだ。誓子の、生命の根源凝視の一典型の句とも言うべき」だと鑑賞している。

掲句のあとに〈寒燈を身より洩らして物書く妻〉〈凩にいづこかの野の声聞ゆ〉がある。

雪嶺を何時発ちて来し疾風ならむ　『和服』

昭和二十四年二月作。疾風が家の窓や壁を震わせて通り過ぎて行った。骨身を凍りつかせるような風は、雪嶺から吹き下ろしてきたのだ。いったい、いつその雪嶺を離れた疾風なのだろう。厳しい状況を描きながらも、表現からは抒情的な懐の深さが感じられる。

この句に続いて、〈降る雪の空つづきにて海も降る〉〈妻の手が芝火より火を頒つなり〉〈みな雪の沿岸太平洋に対ふ〉などがある。

誓子は、掲句のほかに『和服』に収められた〈ゆふべしづかに明日にも雪嶺たらむとす〉〈雪嶺とはならずしづかに天を占む〉を例に挙げ、「白子は鈴鹿おろしが下りて来て通過するところに当っていた。シベリヤから来たその寒風は伊吹から鈴鹿に飛び移って、そして白子へ下りて来た」「疾風になって通り過ぎるこの風は一体何時何分頃に鈴鹿山脈の雪嶺を発って来たのであろうか。鈴鹿おろしを列車の如く扱っている」と解説している。

鈴鹿おろしの厳しい寒気は、質素な家を直撃したに違いない。そんな過酷な環境の中で、疾風を列車のように見立てた遊び心が誓子のユーモアであり、ふと、こころが和む。

甲虫の腸《わた》なきいまも蟻たかる　『和服』

昭和二十四年六月作。黒々と耀く鎧を着た「甲虫」が、死んでいる。仰向けになって、「腸」の無い空洞を無惨に日にさらしている。さんざん内臓を食い荒らした蟻たちは、まだ執拗に「腸」の失せた骸に群がっている。無惨な光景が克明に描かれた。ここには誓子の「非情」の凝視があり、「蜂の巣」を食う「蟷螂」や頭を失ってもなお走る「百足」などの作品に連なる、酷薄な描写が鬼気迫るのである。

この月は他に、〈危ふきとき蟹は土管に入れば足る〉〈蝌蚪の溝とぶに力を出し尽す〉〈脅す者見えず白鷺のみ乱る〉など動物を詠んだ句や、〈パンツ脱ぐ遠き少年泳ぐのか〉〈白装の少女羨しも齢に富む〉など少年少女の初々しい句もある。

「パンツ」の句は、特に塚本邦雄が『百句燦燦』で取り上げ、誓子の「暗澹たるリゴリスム」の句と背中合せに、「ピーター・パンの空間がしつとりと温気を含んで拡がつてゐることを殊の外嘉《よみ》したい」と記した。描かれた少年は誓子の中の「少年」であり、少年の作品によって「作者の煉獄に仄かな明りがさ」し、「読者も亦誓子の煉獄から救済される」とも述べている。掲句の「甲虫」の過酷な世界とはまた別に、解放感に満ちた「少年」の世界があることによって、誓子は心のバランスを何とか保っていたのだろう。

摑まり泳ぐ男を信じ海怖れ　『和服』

昭和二十四年七月作。泳ぎの苦手な女性は、屈強な男の腕に摑まりながら、バタ足などで水を跳ね飛ばしている。女性は海のうねりを恐がっているが、傍らの男を頼りにしているる。男女が海水浴に興じているところだが、このように描かれると、彼らの戯れる声の明るさに反して、足下に海の暗い深みを感じ、ちょっと恐くなる。

ありふれた海水浴の光景だが、誓子にかかると、日常の中から不安がふいに貌を覗かせるのだ。この句について、鈴木六林男が「ほんまに、信じてるんかいな」と言いながらも、盛んに誉めていたと木枯は語る。誓子は自解に「女には海が怖かったから、ただ男の手にすがりついて、泳がして貰っていた」と書き、そのあと、「男を信じ海怖れ」とは「皮肉」であり、実は「男は海より怖いぞ」と言いたかったと続けている。ときどき誓子自身も「余計なお世話」だと自分の思考の方向性を自嘲的に綴っているが、この場合も取り越し苦労癖が出ていて、少し可笑しくなる。

掲句の前後に〈鉄片をかたくはさみて蟹いづくへ〉〈争ひに負けたる蟹は崖を落つ〉〈浪にあとかたもなし女と泳ぎしが〉〈泳ぎ髪梳くこと久し男は待つ〉などがある。

一湾の潮《うしほ》しづもるきりぎりす　『和服』

昭和二十四年八月作。凪のため湾全体がひとつの器のようになり、海水を湛えているのだ。岸辺には、きりぎりすがひそかに啼き継いでいる。

この八月には、〈草原に青のしづもりきりぎりす〉〈泳ぎの他為すことなしモウパッサン読む〉〈蟬の鳴くこゑごゑに樹は脂凝る〉などが詠まれた。誓子は次のように記している。

「一湾」の「一」は、全体のことだ。「潮《うしほ》」は、その全体に充満しているものだ。大きな寂静の、すぐ近くに、かすかなれども、きりぎりすが、鳴きつづけている。静と微音、これがこの句の骨格だ。

津と知多半島とをつなぐ線に、伊勢湾の最も深いところがある。そこがその湾の一番しずかなところだ。白子は、その近くにあるのだ。

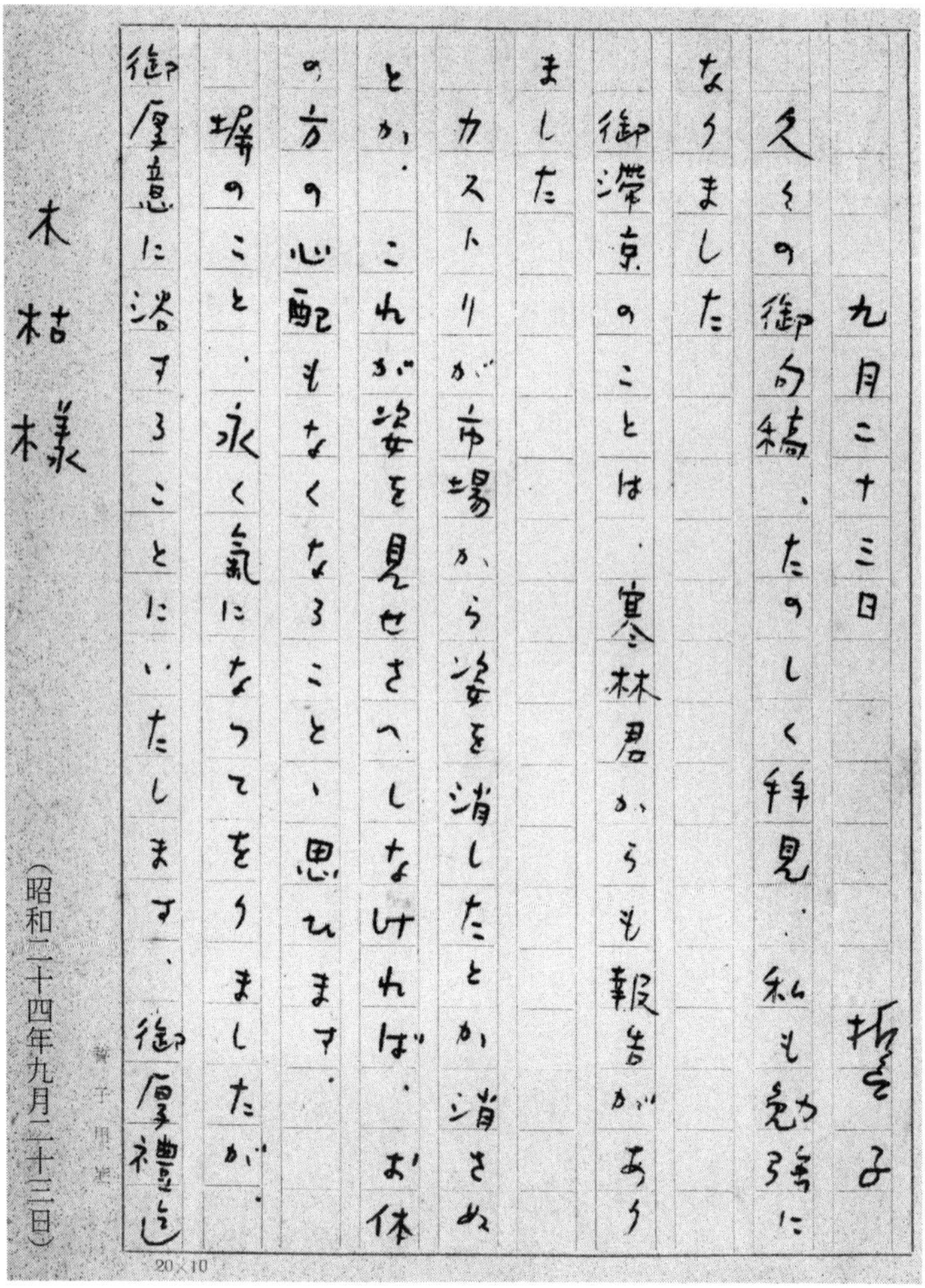
九月二十三日　　　誓子

久々の御句稿、たのしく拝見、私も勉強になりました

御滞京のことは、寒林君からも報告がありました

カストリが市場から姿を消したとか消さぬとか、これが姿を見せさへしなければ、お体の方の心配もなくなることゝ思ひます。

塀のこと、永く氣になつてをりましたが。御厚意に浴することにいたします、御厚禮迄

木枯様

(昭和二十四年九月二十三日)

誓子用箋

20×10

「カストリ」に触れ、木枯の健康を気づかっている。

普段寡黙な誓子が、自解になると作句方法まで明かして饒舌になるのが面白い。いずれにせよ、この自解から、伊勢湾の様子がよくわかる。誓子は「津と野間の灯台をつなぐ線に伊勢湾の最も深い処」があり、揭句には「さういふ海の深さ」があると句集『構橋』の後記にも書いている。この句の深淵なる「一湾」に対して、「きりぎりす」は、いかにもちっぽけである。だが、ぽつりと下五に置かれた「きりぎりす」には、景を一点に集約するような圧倒的な存在感がある。木枯は、この句以後、「きりぎりす」を素材にした作品で、この句を越えたものはないと明言する。

虹が消ゆ余燼をはやく搔きたてよ　『和服』

昭和二十五年一月作。あわあわと現れ、中空に浮かぶ淡彩色の虹の掛け橋。いかにもはかなく、七色が次第に薄れてゆき、とうとう消えてしまった。その虹に呼び掛けて、しかも残り火のような「余燼」を「搔きたてよ」と強く命令調にしたところに逆に余韻が残る。

その点でも、この句は従来の「ホトトギス」の句とは全く異なると木枯は言う。「天狼」誌上に同時に多くの虹の句を発表し、一連の作が話題を呼んだ。その中心となるのがこの「余燼」の句である。他には、〈虹いつも透きて女の一生過ぐ〉〈虹の環を以て地上のものかこむ〉〈虹を懸け時が到ればまた外す〉などがある。「女の一生」とは、当時読んでいたモーパッサンの書名が生かされたのだ。多佳子にも〈青蘆原をんなの一生透きとほる〉(『海彦』)がある。九州の遠賀《おが》で久女を偲んだ句だが、誓子の句から影響を受けたのかもしれない。

誓子は「この年は、虹の句を沢山作った。虹を通して、こころの裡を示したかったのだ」と自解に記している。たとえば「時が到ればまた外す」については、「天界のことは、みな神の仕業」であり、また「虹の環」とはその裡に「地上一切のものがある」との思いがあったとも書いている。そして「虹の環」の句を好んで人に贈り、そこには「かくの如く広大無辺たれ」との意味があったと綴っている。

ところで、この年あたり、東京「天狼」には、高屋窓秋はじめ口うるさい連中ばかり居て、俳人たちは散ってしまった。誓子はそれを悔やんで木枯に取りまとめを頼んだ。昭和三十年代初め、木枯は心当たりの者に通知を出し、中尾寿美子、清水径子らが賛同の返事をよこした。鷹羽狩行も積極的に協力すべく、会計を手伝う旨知らせてきたが、結局うまく運営されずにそのままになってしまった。

頭なき鰤が路上に血を流す　『和服』

昭和二十五年十二月作。鮮魚市場の床の上に、頭部を切り落とされて胴体だけとなった鰤が累々と並び、路上には鮮血の血だまりができている。その胴体の上では、仲買人たちの声が飛び交い、脇では、運搬作業の人々が忙しく働いている。

この句もまた、かつての「かりかりと蟷螂」や「頭なき百足虫」の「非情」の眼差しの作品に連なる。鰤の句としては、『七曜』に〈血潮濃き水にしなほも鰤洗ふ〉があり、ここにも対象への徹底した凝視があり、観察眼の酷薄さにややたじろぐ。

師である秋櫻子は、誓子の「非情」の句を好まなかった。山本健吉が秋櫻子俳句を「きれい寂」と呼んだように、秋櫻子にとっては、美しさが俳句の生命であった。日本美術史で譬えれば、装飾画、つまり「琳派」だと健吉は評する。秋櫻子は野卑、無粋なものを嫌い、ひたすら美を求めていった。素材としては、誓子のようにグロテスクなものを棄て、美意識に叶う対象を描いた。この秋櫻子の好みに反する掲句のような「非情」の句は嫌悪感を起こさぬはずがない。のちに秋櫻子は、はっきりと掲句を拒絶している。

また、金子兜太は、〈夏の河赤き鉄鎖のはし浸る〉を「創作におけるユマニテの喪失がある」と評したが、鰤の句にもおそらく同様のコメントを発するだろう。しかしここには孤独の極みを見た誓子という作家の究極の観察眼があることを忘れてはならない。

掲句のほか、同月句には〈縄跳びの間隔置きて枯野すすむ〉〈双眼鏡沖の冬浪かく醜し〉〈スバルけぶらせて寒星すべて揃ふ〉などがある。

酩酊に似たり涅槃をひた歎き　『和服』

昭和二十六年五月作。釈迦入滅の様子を描いた絵画では、中心に釈迦が北枕で右脇を床に着けて横たわり、その周囲を取り囲む諸菩薩、動物たちが、張り裂けんばかりの悲しみを顕わにして体全体で泣いている。その極まった悲嘆は、どこか「酩酊」に似ているという把握には意外性があり、大変鋭い洞察と思われる。次のような詳しい自解がある。

鈴鹿市神戸《かんべ》街の龍光寺では、釈迦のなくなった日に大きな涅槃図を展観した。私はそれを見に行った。「涅槃の図白きは象の嘆けるなり」「寝釈迦より百足虫も金を頒たれたり」「やや距りて一眸に涅槃全図」「退きて金色の大寝釈迦のみ」と、いうような句を作った。(中略)なかんずく、菩薩達の嘆きは目立っている。顔を紅くし、相好を歪め、激越な悲嘆の表情である。そのような表情を見た瞬間、私は菩薩達が酩酊しているように思った。

この自解はさらに続き、この「酩酊」は不謹慎だとの批評が寄せられたが、そのような反応は予期したものであり、「直感をあくまで尊重」したと表白する。人間の本質を見抜こうとする誓子らしい洞察が、この「酩酊」の客観的把握によく反映していよう。決してその場の感情には溺れまいとする日頃の態度もよく表れている。

木枯によると、三橋敏雄は誓子のこのような句のリズムや形の良さに魅かれると盛んに感心していたという。

蟷螂よ手足が利かぬやうになるぞ　『和服』

昭和二十六年十月作。死に近い蟷螂が長い「手足」をぎくしゃくと動かしながら、必死に足掻いている。この句の前の〈死に瀕しつつ蟷螂の砂まみれ〉をあわせて読むと、弱り切ってしだいに死の側に傾いて行く蟷螂を執拗に見つめ、さらにその「手足」が全く動かなくなるところまで見届けようとする作家の執念を感じる。それとともに、命が尽きて手足の自由を奪われてゆく蟷螂に、誓子自身が己の命運を重ねて凝視しているようにも受け止められる。いずれにしても、ユーモラスな筆致ではあるが、うすうすと怖くなる句でもある。

『和服』（昭和三十年刊、五百五十五句）の「後記」に、誓子は次のように書いている。

「和服」は「青女」につづく私の第九句集である。期間は昭和二十三年十月三日から二十六年十二月三十一日に至る三年なにがし。昭和二十三年十月三日といふ日付は、私が四日市市天ヶ須賀海岸から鈴鹿市白子鼓ヶ浦海岸に引移つた日である。私はその海岸に昭和二十八年十月二十四日まで滞在保養に努めたのであるが、昭和二十六年を以て作品を区切り、それ以降はつぎの句集「構橋」に収めることにした。

和服は療養者の服装である。この期間に私は引籠りがちの家から他出する機会が多くなつた。本来が療養者であるから他出のときも私は和服を着けるのを常とした。この句集の名はそこから来てゐる。

誓子は川喜多半泥子の好意により、白子の家に移転した。天ヶ須賀のときは芳しくなかった容態も、白子に移転してからは「目に見えて回復」し始めた。病床の身辺詠になりがちだったことを反省し、白子時代では、「虹」は夏の季語という決まりにこだわらず、ひたすら意図的に希望の象徴のような「虹」の句を作ったりした。やがて『和服』出版を角川源義から勧められ、句集稿をまとめた。ところがその最終段階で、伊勢湾台風に襲撃され、家財とともに高潮に洗われ、一切合財「海底に没し去って」しまった。幸いなことに手元に句帳が残ったので、そこから再編成をして、ようやく出版に漕ぎ着けたのであった。また、台風の際は命からがら土堤裏にある漁師の家に夜を徹して避難して、被害を免れた。

静塔は、当時の誓子の作句対象へのアプローチを「哲学でも宗教でもなく、又物理でもなく心理でもなく、誓子は根源を生命、いや生命を根源と言う。科学に基を置いて発達した十九世紀以来の写実リアリズムの道ではとゞかぬものだ。東洋的な物心一如の究極に触れんとする古来からの東洋芸術の方法に立つものである」と記す。このように生命の根源を探っていた誓子だが「素手によって生命を把握」することを目指しつつも、とても困難だと自覚したように、この時期の作品を一部の読者が「無感動」「退屈」と批判したのは、「作者の情緒が孤絶に安住しつつあったことに、こちらが充ち足りなかった為」かもしれないと静塔は分析している。

さらに静塔によると、『青女』から『和服』までは、「孤愁の感情が尾をひいて居る」作品に充たされていたが、白子へ移転してからは体調も安定してきたので、作品にも気持ちの張りが反映するようになった。こうして誓子に会いにやって来る人も増え、それら訪問者は、誓子が伊勢を離れることを望んだ。人々による転居の説得と、台風の甚大なる被害のショックから、誓子はとうとう療養地を離れ、西宮市苦楽園への移住を決断した。白子での作品は、次の句集『構橋』に、「白子抄」として収められている。

沖までの途中に春の月懸る

『構橋』昭和四十二年刊

おぼろな春の月が海の上にあり、洋上に淡く色を落して、まるで月の乱れた映像が海面に漂うようだ。「沖までの途中に」という把握に、読者ははっとなる。

次の自解がある。

その月は、思いがけない空間に懸っている。地球の外から現われたその月は、沖の上にあっていいのであるが、あるべきその空間にはない。その月は、あろうことか、私と沖までの、途中の空間に懸っているのである。

春の月は、それほど近いところにあった。その月が、ひとりでにそこにみずからを位置づけたというより、人間に見えざる手が（先ず考えられるのは神の手であるが）、その月をそこに懸けたという感じがした。

誓子は海上にある大きくて瑞々しく、さらには黄色味の強い月に春の訪れを強く感じていた。また冬を抜け出して生命が新たに息を吹き返す春の到来に、心を強くしたようだ。造物主に無造作に置かれたような春の月の存在が、この句では生々しく己に迫ってくる。

この年には、〈五十過ぎ寒き褥《しとね》に脚を曲げ〉〈ここで訣れむ洋傘を雪に挿し〉〈雪積みしところより海更に退《ひ》く〉〈海の鴨あはれまむにもみな潜《かづ》く〉〈鴨の浮き出づるとき海盛り上る〉〈天へ逃げたる凧の糸巻きつづく〉〈雲雀発《た》つ世に残光のあるかぎり〉などがある。

暑き夜の波は漂着する如し　『構橋』

昭和二十七年作。海辺の風はべっとりと潮気を含み、髪が額に貼りついてくる。だが、さすがに夜ともなると涼風が立ち、まだ暑いけれども、日中の猛暑からは解放された心地になる。岸に寄せる波も、遙か彼方からようやく辿り着いたような、懐かしささえどことなく感じられるのだ。

一般的に、俳句を作るとき、指導者から「ごとし」「めく」「やう」「似て」などの比喩表現はなるべく避けるように助言される。だが、木枯は掲句の「ごとし」は効いており、名句のひとつに挙げられると確信している。

この句は、「白子抄」にあり、この夏はほかに〈幕営のあと窪地にて闇が充つ〉〈刺殺せし百足虫《むかで》のあぶらなほのこる〉〈紙魚見られたり銀ならず鉄なるとき〉〈死したるを棄てて金魚をまた減らす〉などがある。また、翌年の句には、〈友の金魚死なんとするを吻《くち》つつく〉〈草いきれことしも胸に受けはじむ〉〈ダイヴイング佳しや飛沫に甘んずる〉〈夏をたのしむよ岩群《いはむら》などに来て〉〈颱風に妻は痩身飛ぶ飛ぶと〉〈「もう帰らう」旅の枯野を駛するとき〉などがある。最後の句の「もう帰らう」には、海辺の療養地白子を離れる決意が表明されている。体調の良さを取り戻した当時の「白子抄」には微かな心の弾みが反映されるようになった。こうして誓子は、西宮市苦楽園に移り、転居先での句は、「苦楽園抄」としてまとめられている。また、『構橋』以降、誓子は制作年度のみを記すようになった。白子時代の健康回復の手応えは、次の随筆「冬至」によく表れている。

リルケは、またその生を死の絶えざる不安から脅かされてゐた。しかし、それを忍びとほすことによつて、生を死から奪ひかへし、生の歓びを味つた。リルケはその手紙に「死は、われわれに背を向けた。われわれの光が射さぬ、生の仮面」であると書いた。死に光りが射して来れば、逆に死が生をかためて、生をのべるのである。

リルケの手紙からの引用は、当時の誓子の実感そのものだったのだろう。常に生と死の境界の上に、不安定なやじろべえのように揺れていた人生が、大きく生の方に傾き、光の温もりや輝きを強く感じるようになった。その安堵感がよく反映されている。

大和また新たなる国田を鋤けば　『構橋』

昭和二十九年作。見はるかす「大和」では、まさに田起しの季節となった。鋤かれた土が裏返され、黒々とした艶を見せている。黒い色が拡がるにつれ、この国が長い冬を越えて、新たに息を吹き返したのだという新生の思いが強くなる。

自解に「鋤き起された田の土は、新しかった。大和の、田の土は、昔ながらの色をしていたが、鋤かれた土は、新しかった」と書く。生まれ変わって新しくなる土に、「新たなる国」を見出した誓子の胸の中には、己の再生の喜びもあったに違いない。宿痾に縛され、海辺の療養地に流されたままの幽閉状態が続いた孤独感、疎外感から解放され、苦楽園以降は、堰を切ったように全国行脚を図り、念願の地を巡るようになった。

第十句集『構橋』（昭和四十二年刊）には、昭和二十七年一月から昭和三十年十二月までの五百十一句が収められており、後記に誓子は、次のように書いている。

十二年間の滞留を終つて、伊勢から阪神間の西宮へ転ずるに当つて私は橋を渡らねばならなかつた。その橋を私は吊り橋のやうな不安定な橋ではなく、構橋のやうな屈強な橋と思ひたかつた。永く伊勢に潜んで貯へた力を発揮するために、その屈強な橋を渡りたいと思つた。

句集名には、誓子の希望と切なる願いが籠められていたのである。さらに、「私の句は無思想、採るに足らずとして若い陣営から抹殺されたが、私は自分の句を『組織された経験』と考へ、それが私の思想だと考へるから、その意味で自分の句を無思想とは思はない」と、俳壇の厳しい批判傾向に反論している。いかに自分の作風が受け入れられるには難しいかを自覚しつつ、自分を励ますように、凝視と自己深化を進めていった。また、「組織された経験」こそ誓子俳句の根幹をなす信条であることを心に留めたい。

この昭和二十九年、「俳句」二月号に座談会が掲載されている。出席者は、誓子、三鬼、静塔、不死男、谷野予志の五名である。誓子はここで、「季題はその根源へ通ずる門として意味があ」り、「無季語でも、根源に深まって行けるか」実験する必要性があるが、それを確認しない限り「無季容認」の立場は取れないと念を押している。

また、伊勢時代は十二年にも亘ったが、この間に作られた句集は『七曜』『激浪』『遠星』『晩刻』『青女』『和服』『構橋』の七冊に及び、そのときの心中を「私自身の井戸水を汲みつくし」その「あかつきに、何が出てくるかを、見ようと思つた」と語っている。

言葉は柔らかいが、この当時の誓子の必死さ、作家としての覚悟がよく伝わってくる。さらに草田男の句集『母郷行』を評して、旅吟が実におとなしくて、「後戻り」したような印象を受けるが、普段「萬緑」で発表しているような句より、旅吟の方が無理のないという意味で、本来の句ではないかと述べている。また、不死男は、この頃「破調」が俳壇に多く見られるようになったのは、草田男の影響だと指摘している。

この年、誓子は「俳句」七月号に「俳句と庶民性・社会性」を執筆し、カロッサの言葉

「たゞ創造的な手のみが、あらゆる材料を高貴なものにすることが出来る」を引用し、「さういふ高さにあつて、庶民を詠ふことが必要」だと述べ、これが芭蕉の「高悟帰俗」に通じるのだと明言している。さらに当時活発だった「社会性」の問題として、自分は「社会性俳句」を「素材や思想から見ず、俳句本来から見」るのであり、「社会性俳句」は俳句の一部に過ぎないと断じ、兜太の「態度の問題」の発言に対抗している。

渦潮の底を思へば悲しさ満つ

『方位』昭和四十二年刊

昭和三十一年作。観潮船に乗って出港し、渦巻く潮の只中に乗り入れてゆく。船から身を乗り出して「渦潮」を見つめれば、うねりの中心に体ごと引き込まれてしまいそうだ。海の表層の渦ばかりではなく、その渦巻く海の底の暗さへ、意識がどんどん下りてゆく。その水底は、冥い悲しさに満ちているのだ。

木枯は、下五の「悲しさ満つ」という詠み方が、誓子薬籠中の表現だと指摘する。比喩表現と同様に、感情を表す語は一般的に敬遠されるのだが、誓子はここぞとばかりに用いて効果を上げている。

この句は「鳴門行」のタイトルで「渦潮」をテーマにした句〈湧きかへる春潮船《ふね》と淡路の隙《ひま》〉〈強東風《つよこち》の鳴門わが髪飛ばばとべ〉〈渦潮を落ちゆく船の姿して〉など十六句とともに、句集に収められている。また、発表当時、「渦潮」は無季だと批判した者があったが、これは季語だと「後記」に反駁している。誓子は、「大潮の渦巻は春にしか起こらない」「強引に句を作ったので」これ以降、季語として通用するようになったと記している。実際に、仲春の季語「観潮」の傍題として、「渦潮」「渦潮見」「観潮船」などが、いまでは多くの歳時記に記載されている。

このときの〈渦潮を両国《ふたぐに》の岬《さき》立ちて見る〉が、昭和四十八年、句碑として門崎に建立され、四月に除幕式が行われている。この場所を誓子は、「鳴門海峡を見下す絶好の地点」と呼び、「干潮のときは、瀬戸内海の潮が太平洋へ落ち、満潮のときは太平洋の潮が瀬戸内海へ落ちる」と記している。淡路の門崎と、徳島の孫崎の二つの崎が舞台となったこと、また、この句の成立には、万葉集の〈香具山と耳成山とあひし時立ちて見に来し印南国原〉のおかげがあったと、創作のヒントも明かしている。

「渦潮」は好みに叶ったモチーフで、この前の『構橋』には、〈街道駛《はし》る渦潮に時遅れじと〉〈渦潮の宝冠なして湧きかへる〉など十五句があり、『一隅』には〈渦潮の辺にみづからを破りし船〉〈生きて吾在り渦潮の中に在り〉など七句が収められた。

鵜篝の早瀬を過ぐる大炎上　『方位』

昭和三十一年作。川の流れに乗る鵜飼舟に灯された「鵜篝」が、火の粉を撒き散らしている。ことに「早瀬」を過ぎるとき、猛々しいほどの火焔があがったのである。明暗の対比がくっきりと印象づけられ、臨場感溢れた迫力ある句である。

「長良川」連作のうちの一句。このとき同行した多佳子は、最初女性の同乗を拒否されたのだが、黒装束に身を固めることで許され、誓子とともに鵜匠姿で鵜舟に乗り込み、〈腕長の鵜飼の装に身を緊《し》むる〉など圧倒されるような鵜飼の連作「友鵜舟」を作っている。誓子の掲句と多佳子の句〈早瀬ゆく鵜綱のもつれもつるるまま〉が句碑となって、長良川河畔の鵜匠頭の山下邸内に並んで立っている。この当時、誓子は健康を回復し、多佳子とあちこち吟行に出て、誓子いわく「はげしい競詠」を行ったのである。

自解に「この年、鵜飼を三度見た。その中の一句である」「特に許されて、鵜舟に乗り、上流から下って来た。私も、鵜匠の黒頭巾、黒装束をしていた」「鵜匠は、急流のところをすみやかに通り過ぎた。その急流が『早瀬』である」（中略）「『大炎上』の語は、昔の合戦に、焼き討ちにあった大寺が燃えあがるときによく使った」と書かれている。

誓子は、「誇大と知りつつ」ここに「大炎上」という言葉を用いたと記す。その語の持つ勢いが、この情景にはぴったりと当てはまる。また、〈鵜篝《うかがり》は靡きてすすむ幡《はた》なして〉という句では、篝火が風に煽られて「幡」のように靡くさまに、戦国時代の武将の真紅の旗差し物のイメージが重ねられている。

「長良川」連作には、ほかに〈女の手指をのばして鵜川に触る〉〈紅き火に鵜の精魂を尽くさしむ〉〈いまここが岐阜の中心鵜川燃ゆ〉〈疲れ鵜が吾がゐる舟にみな上る〉〈鵜篝の荒目の鉄も燃ゆるもの〉〈離《さか》りゆく終《しま》ひ鵜飼の火を見送る〉など四十五句がある。なお、この「女の手」のモデルはもちろん多佳子である。

押して保てりスクラムは人間碑　『方位』

昭和三十二年作。ラグビー両軍のフォワードが、がっちりと組み、寸分も後ろに引くまいと頭をめり込ませ、肩を押し合っている。力の均衡が束の間だが釣り合って、どちらも決して譲らない。闘争心を剝き出しにした選手たちの気魄に満ちた筋肉の塊である身体は、あたかもひとつに化したようだ。

誓子自身がフォワードを担う選手だったので、試合の緊張感がぴりぴりと伝わってくる。そのような状況を「人間碑」と活写したところに、誓子の描写力の面目があろう。

「ラグビー」連作十四句〈ラガーの背めくれ露《あらは》る恥以上〉〈時経つにつれてラガーの汚れ目立つ〉などのうちの一句であり、他にスクラムの句に〈スクラムは押しあふ掌《て》にて地を押へ〉〈スクラムを出し球ああいま誰も触れず〉などがある。

前年の昭和三十一年、誓子は、この年の干支である「猿」をテーマにした随筆「初時雨」を朝日新聞に掲載している。芭蕉の〈猿を聞く人捨子に秋の風いかに〉〈年々や猿にきせたる猿の面〉などの句よりも、〈初時雨猿も小蓑をほしげなり〉の句の方が好きだと記す。だが、岩の上で濡れながらしょんぼりしている猿は、みじめでいやで、「猿蟹合戦」の仇討された猿を連想してしまうのだと言う。ところが古い文献「ひなのうけき」で猿は改心して打首を免れており、この結末に「ほっとした」と言うのだ。新聞の一般読者対象なので易しい語り口で書かれている。古典を渉猟して読むことや、このような対象への童心溢れた思い入れも、誓子の特色として挙げられよう。

冬河に新聞全紙浸り浮く　『方位』

昭和三十三年作。鉛色をした「冬河」に、誰かに放り込まれた新聞が、ぽっかりと水面を漂っている。その様を、余分な言葉を削ぎ、「新聞全紙」と描いたところで、視覚的に優れた句となった。

この句は、短歌的抒情を排した、詩人小野十三郎が称揚したことで、一気に高名になった。静塔は次のように解説している。

文芸意識が高度に達する中央俳壇のこの句に対する評価は、関西詩人（十三郎）のそれには及ばぬ。人生、生活、思想、美感、滑稽、と言った基準を基にすると、この句の価値は○に近いかいやマイナスかも知れぬ。昔の「夏の河赤き鉄鎖のはし浸る」には一応の洋画的構図と色彩美があったが、この桑名の句は、水墨だ。動きもない静止だ。第一これは動いていた物が静止したのではなく、始めから静止するために静止したものである。完全静止の最后の状態に、作者が永久静止の効果のある表現を与えたような俳句である。（中略）十七字詩型で行なえるぎりぎりの所までの写生（写実と言ってもよい）の句かも知れない。小野十三郎氏はこの句＝誓子芸術也と賞めたが、たしかにこの句には、見えぬ主人公が、厳然と背后に立っているのを覚える。或る意味では戦慄すべき句かも知れない。

このように無機質な映像、感情の起伏の反映しない、平坦な客観性を「戦慄」とまで言いつつも、不思議な静けさを漂わす作品の魅力を言い留めている。

この句には、誓子の自註があり、「桑名」の「揖斐川」畔の船津屋に宿泊してできた作だと記している。水量のたっぷりある川の水面を見ていたところ、「大きな矩形のもの」が浮いており、「水に浸って且つ浮いている新聞紙は、みずからの局限を示し」ていたと綴る。「局限」という思考、またその状態を「新聞全紙」で表現しようとした誓子の言葉の選択は、刮目に値するだろう。

「全紙」で言い留めたことを誓子自身も気に入っており、木枯にそう語っていた。多くの誓子作品中、「冬河」の句を、完成度の高い例句の一つとして木枯は百句に入れた。また、この句の背後には、誓子の「初老の意識」があることを指摘している。

燈台は光の館《やかた》桜の夜　『方位』

昭和三十四年作。岬の先端に佇立する真っ白い灯台から、強い光が発せられ、航路を導くため、遙かな船艇の進むべき海路を照らしている。その灯台は「光の館」である。陸の闇の中に沈んでいる桜に灯台の光が巡ってくるたび、淡いくれないが浮かび上がる。光と闇のコントラストの効いた、視覚にうったえてくる句である。

自解には「紀州の日《ひ》の御崎《みさき》」の「近くに宿をとって、夜遅く灯台を見に行った」ときの句とある。

夜桜見物に行ったところ、ちょうど満開の花に出会うことができ、誓子はいたく心を動かされた。このとき、直感的に心に降りてきた言葉が「光の館」であった。誓子の場合、言葉を練り上げた末に、その表現に辿り着くばかりでなく、瞬発力で浮かぶことも多い。天啓のように偶然の発見があることを、ユーレカ、またセレンディピティーなどと一般的には呼ばれている。ユーレカとは、ギリシャの哲学者アルキメデスが金純度の測定方法を見出したときに、思わず口を突いて出た「ユーレカ（わかった）」であり、ひらめきのことだ。これに似たセレンディピティーとは、予期しないで大きな発見に至ること、またその能力を言う。このようなひらめきの幸に恵まれた人を普通は天才と括ろうとするが、誓子の例を挙げれば、「用意の整った人」なのだろう。才能の恩恵ばかりでなく日頃の蓄積された精進が、ひらめきを生むのである。天才型の俳人と言えば、誓子の良きライバル草田男を思い出すが、草田男にしても、ひらめきに恵まれることができたのは、真理追究の態度、学ぶ姿勢を貫いてきた長い歳月がその基底にあるからなのである。

第十一句集『方位』（昭和四十二年刊）には、昭和三十一年から三十四年までの四年間の五百十四句が収録されている。タイトル名は、昭和二十九年の句〈向日葵立つ方位未確の山の上〉（『構橋』）から取られた。誓子は『方位』の後記に、その理由として「未確のその『方位』がやや確かになり、自分の進むべき道が自分に見えて来たやうに思はれた」からだと記している。

また体力に自信を取り戻し、方々に吟行に出ている。多佳子が同行したものだけでも、昭和三十一年三月には、鳴門の渦潮、十月には鵜飼、翌年二月には別子銅山、足摺岬、昭和三十三年七月の乗鞍岳など多くが挙げられる。こうして吟行のたび、多佳子との真剣勝負の競詠が展開されたのである。

句集の解説で静塔は、『方位』は前の『構橋』、次の『青銅』の三部作の真ん中であり、「関西に帰り、長年の宿痾を払拭して、専門俳人として声価を世に問わんと、全国を遍歴する」生き方に徹し始めたころの作だと位置づけた。そしてこの句集の問題作は「新聞全紙」であり、小野十三郎の賛辞を受けて、ぎりぎりの写生句と呼んだことは前述の通りである。また、世の誓子評「乾いた詩情」に反して、「歓喜の情をにじませ」た句として〈吾老いず蝶の角《つの》にて軽打され〉〈寒柝の音のこぼれを掬ふべし〉〈吉野山中耕牛が峯へ逃げ〉〈顔の前花火拡大されて散る〉〈籾山に乗りて沈みて子は遊ぶ〉などを引き、多少「子供っぽい」かもしれないが、「頼母しく」なるか、「たしかに生きた一人の人間」の足跡が感じられる句だとしている。さらに「誓子手法の精をつくし」た句として、〈鰹釣る直立海に上下して〉〈鵜篝の燃ゆる火中《ほなか》になほ黒木〉〈頂上の平を霧の流れに踏む〉〈燭の火が聖菓の上に永く燃ゆ〉〈雪掻きて雪嶺に白き道つくる〉などを挙げている。だが、惜しむらくは、「万人共感の域を絶する句」や「深く又探り難きもの」には一歩遅れる理由となるのが、傍線部分かもしれないことをも指摘している。

永き日を千の手載せる握る垂らす

『青銅』昭和四十二年刊

昭和三十五年作。千手観音、正しくは千手千眼観自在菩薩。六観音のひとつで、限りない慈悲を表すため千の眼、千の手を持ち、衆生を救わんと手を差し伸べ、日常を見守っている。観音像の手に注目し、それぞれの動きを動詞を重ねて活写している。「永き日」の季語の働きによって、たおやかな手の流れも如実に浮かび上がる。

奈良の唐招提寺で作られたこの句について、誓子は「千手観音の千手は、一本一本、みずからの役を果している。遊んでいる手は一本もない」と書く。

時の過ぎゆくことを惜しまず、たっぷりとみ仏の前に佇み、その千手の様をつぶさに観察している。一句に動詞の重複使用はタブー視されるが、ここでは畳みかけるように「載せる握る垂らす」と三つも用いることによって句にダイナミズムが生まれる。作句の常識を破り、禁忌を逆手に取って成功した好例となろう。

同じ唐招提寺の句に〈開山忌盲《めしひ》鑑真《がんじん》起ちて出づ〉、また薬師寺の句に〈塔の巣の羽《はね》落ちて地に達す〉〈直立塔そこに雀の親の声〉〈近づくにつれ塔重き春の暮〉がある。

この年の連作「修二会」には、〈修二会見る桟《さん》女人の眼女人の眼〉〈修二会更《ふ》けたつぷりとろり油さす〉〈火が痩せて痩せて修二会の駆け廻る〉などがある。『青銅』の後記には、かねてから見たいと思っていた修二会をようやく見ることができ、三月十四日の最終日に訪れたことが記されている。一緒に修二会に臨んだ多佳子は〈修二会走る走る女人をおきざりに〉〈火がついて修二会松明たちまち惨〉などと作っている。

振り返れば、誓子と多佳子は、各地を共に吟行しては俳句を競うように生み出していった。単純な師弟関係を越えた同志とも呼ぶべき間柄である。さらには、お互いのことを詠み合ってもいる。たとえば、自分を訪ねて来た多佳子のことを、昭和二十一年に誓子は、〈君と行けばわが顔襲ふ秋の蜂〉〈語ることなき秋晴の洲をかへす〉と詠み、二十六年には、

〈夫の忌終へ来て曼珠沙華と海〉と詠んだ。これに対して多佳子も〈師の前に野分来し髪そのままなる〉〈何もなき冬浜誓子のひとつ燈つく〉と作っている。昭和二十八年には、螢狩の吟行地で〈螢捕り来て容顔を粧ひし〉（誓子）、〈明けて覚めをりひとの家の蚊帳に透き〉（多佳子）などと詠まれた。昭和三十一年の鵜飼、昭和三十五年の修二会は、すでに述べた通りである。このように誓子と多佳子の作品を並べてみると、まるで相聞歌のようで、二人だけの特別な気息が通い合っている。

この年の七月、多佳子は大阪回生病院に胆嚢炎のため入院した。翌年七月には、誓子と多佳子の句碑が長良川河畔に建立され、そろって除幕式に出席している。だが、多佳子は健康優れず、病床に臥しがちとなり、三十八年、またも大阪回生病院に入院して、胆嚢手術を受けたものの、胆嚢・肝臓癌がもはや手遅れで、五月二十九日に永眠した。多佳子の遺句集『命終』の序文には、次の誓子の言葉がある。

静塔氏は「一処一情」の対照語として「多処多情」といふ語を思ひつき、私を多処多情の作家とした。詩密の点において、多処多情が一処一情に歩を譲るのは当然だ。（中略）多佳子さんが句に捉へたメカニズムは実に見事な実を結んだ（中略）しかし多佳子さんの場合、より重要なのはそれを捉へた「女ごころ」である。

（中略）久女から多佳子さんへ継承された「女ごころ」の絶えてゐることを私は
　遺憾に思ふ。

誓子はこう記して、「一処一情」の多佳子を偲んだ。多佳子の第一句集『海燕』の序文、「女流作家には二つの道がある」「女の道と男の道である」。男の道とは、「仮借なく、容赦ない、冷厳な道」であり、「橋本多佳子さんは、男の道を歩くその稀な女流作家の一人である」との言葉は、よく知られている。誓子は女性を特別視することなく、的確に指導している。また、誓子が批評家の批判にさらされたように、多佳子も辛辣な批判を浴びせられた。さらに女性俳人ということで、「女誓子」とまで呼ばれたのは、賞め言葉だけでなく、揶揄でもあった。だが、その厳しい世評を乗り越え、晩年には独自の句境を樹立したことに対し、誓子は愛惜の念を籠めて、「女ごころ」の俳人と呼んだのであった。

寒庭に在る石更に省くべし

『青銅』

昭和三十七年作。まず禅寺の枯山水を思い浮かべる。じんじんと足裏が痛くなるような凍ての中、手入れの行き届いた庭を眺めている。みごとに配置された巨石と白砂の交響を心ゆくまで堪能しているのだ。ぎりぎりまで省略された庭石なのだが、ひたすら見つめるうちに、さらに省略が可能のように思えてきた。助動詞「べし」を下五に置き、命令の意を表すことによって、さらに作者の意志が強められた。この句は、京都龍安寺で作られた。

誓子の随筆「龍安寺」を要約しよう。石庭では人々が「足音もさせぬように庭に対してゐる」とリトアニア生まれのリアリズム画家ベン・シャーンは語った。まるで、クラッシックコンサートで、聴衆が一切の夾雑音を排そうと静かにしているかのようだ。誓子はシャーンが指摘した石庭での人々の態度を「人間を庭に持ち込まぬ配慮」と解釈した。また、フランス人画家・彫刻家ジャン・フォートリエが日本に来て一番感心したのも石庭だった。その理由を画家の林武は、「プランの中にどれだけの景が適合するかといふ釣合ひの極度の世界、そこから一つのキャンヴァスがあって、そこへどれだけの物質が当てはまるかといふ釣合ひの極度をつかんだのがフオートリエだ。これは抽象と具象の境の極限」だと述べた。限られた空間に限度ぎりぎりの省略を効かせて素材を配置し、最高の美を具現させることに、フォートリエは魅了され、そこに誓子も興味が湧いた。

石庭の十五の石のうち、座敷の中央に立たない限り、どれかひとつは見えないと言われている。見えないものならその存在は省けるのではないかというのが、誓子の最初の発想だろう。そこからまた一歩進んで誓子は、石庭を凝視し続けることによって、はっきりと作庭家（伝承では相阿弥）の精神性と美の絶対追求の姿勢を自覚したに違いない。その上で、誓子独自の美意識で、まだ省略できると直観したのだろう。「私は石（具象）を見るとともに石と石との間の関係（抽象性）、その合体であるところの構図を見た」との随筆の結語は、誓子の精神構造と俳句へのアプローチを的確に物語っている。

さらに後年、誓子は「我が主張・我が俳論」に、「言葉は自己そのものではないが、言葉を配置したとき、その配置によって自己を語らしめることが出来る。それは石庭の場合に似ていやしないか。石庭の石は言葉である。造庭者は石を据え、石と石とを配置することによって、その配置を通じて造庭者の自己を現わすのである」と書いた。ここには、写生から得られた素材に、構成という知的操作を行うことによって、一つの表現世界を構築するという誓子俳句の方法論の骨法が反映されている。

虚子の昭和二年の句に〈この庭の遅日の石のいつまでも〉〈静かさや松に花ある龍安寺〉がある。「遅日」の句は、懐の深いたっぷりとした情緒が滲み、いかにも虚子らしい泰然自若とした余裕を感じさせる。これに対し誓子の句は、厳しい省略と構成の精神が打ち出されている。木枯は、両作家の資質が如実に対比できる好例として、虚子の「遅日」と誓子のこの「寒庭」の作品を挙げている。虚子の句が「大ぶりで悠々として」いるのに比べ、誓子の句は「ひりひり」しており、「省くべし」の命令調は、「人にきびしく、己にきびしい先生らしい」と木枯は語る。

昭和三十七年四月一日、盟友とも呼ぶべき西東三鬼が逝去している。二年前の還暦のとき、誓子、静塔と朝日新聞の座談会をし、意気軒高と思われたが、昭和三十六年に胃の不調を訴え、横浜市立病院で胃癌と判明、手術をして危機を脱し、俳人協会設立に尽力した。ところが、三十七年に第四句集『変身』を上梓したのち、血清肝炎を起こして病状が悪化し、ついにこの世を去った。角川書店本社においてかつて「俳句」編集長だった三鬼のために俳壇葬が執り行われ、没後に第二回俳人協会賞を受賞している。誓子にとって重要な存在である三鬼に続き、三十八年には多佳子が他界している。六十代に入ったばかりで、歳も近い二人の死が誓子に多大な衝撃を与えたことは想像に難くない。

第十二句集『青銅』の作品でよく知られているのは、昭和三十五年作、〈奈良の月山出て寺の上に来る〉昭和三十六年作、〈雪嶺を連ねて阿蘇の火山系〉〈螢光の蒼き雪道末世なり〉〈残一燈《ざん》全山の蛾の眠られず〉、昭和三十七年作、〈枯蘆の穂は獣毛と異ならず〉〈南無《なむ》冬の浪の難所に女濡れ〉〈泳ぎより歩行に移るその境〉、昭和三十八年作、〈日本がここに集る初詣〉〈海べりの寒さテレビの白画面〉〈大河いま停滞の時夏座敷〉などである。

句集『青銅』の名は、前の句集『方位』の〈秋晴に青銅の脚止にて動《どう》〉から取られた。

誓子は、『青銅』後記に、その理由を次のように綴っている。

俳句は静を詠ふ詩である。動を詠ふときも、それを瞬間で停めて、静として詠ふ詩である。ロダンも亦、歩く人の脚を静として肉づけした。しかしその脚を見てゐると、動く脚に見える。「止にて動」である。

私は動を詠ふことを好む故に、ロダンの「止にて動」の青銅像を、私の理想としてゐるのだ。

ロダンの作品には、「止にて動」という芸術家の思想・哲学が彫琢されている。誓子はこの彫刻家の究極の選択を己の作家活動の真髄に据え、「青銅」の名を冠した。

『青銅』（昭和四十二年刊）には、昭和三十五年から昭和三十八年までの四年間の四百七十九句が収録されている。この間に、三鬼が世を去り、続いて多佳子も永眠した。両者の菩提を弔う誓子の心情は、津山の三鬼の墓碑を目指したときの句〈大沢の深雪解くるに間あるなり〉〈ナイターの始まる日にて君在らず〉や、多佳子の亡くなった「回生病院」の句〈君ひとり除《の》け者花の桜見ず〉〈死して帰れり青崖《あおがけ》の待つ家に〉〈君が火葬に雑草の生きる青〉さらに〈ビヤガーデン死の病院をそこに見て〉に強く表出している。

静塔は、『青銅』の「急所」と思われる作品は二つあると述べた。ひとつは、修二会の句〈鬣《たてがみ》を修二会《しゅにえ》松明《たいまつ》振りみだす〉〈断ち難き女人を断てり修二会の桟〉など。もうひとつは、先祖である平時忠ゆかりの能登を訪ねたときの句〈紅き穂の粟はるかにも能登に来し〉〈真裸に胸当《むなあて》をして能登の鍛冶〉〈ひぐらしが啼く奥能登のゆきどまり〉〈葛の花流人《るじん》時忠ただ哀れ〉などである。これらの句は「情緒と詩が渾然一体となって、ゆるぎのない完結の詩」だと評価する。

特に修二会では、多佳子を「断ち難きもの」のモデルとして登場させ、「一幅の夜景の中のわが心に点ぜしめて、而も見る人の眼には壮絶な法師の火の舞、肉体の乱舞」の恍惚境を呈するという誓子の「名演出」ぶりにまで言及している。かつて芭蕉が、修二会の静寂相を詠んでのち、誓子はこれを、「一大煩悩克服の荒行の火祭」にまで演出したようだと言うのである。

また静塔は、能登の作品は、「続平家物語」とも呼ぶべき連作であり、祖霊に対面する「軽衣の旅人」は誓子であり、能舞台で自ら演じる役者だと捉えた。治承の昔と現代の時を越えた合流があり、能のテーマである「生死の出会い」がある。このような「貴種流離」を自ずから主人公として演じられる俳人は、誓子以前に思い当たることはないとまで言い切っている。

さらに静塔は、各地を吟行して得られた作品の中から、優れた句として〈岩の背をここに露はす雪の嶺〉〈大日の顔雪嶺に立ちをれば〉〈明月の極小《きよく》天に昇りつめ〉〈傾けて火口の雪をすこし見す〉〈天耕の峯に達して峯を越す〉〈海の船霞む市中に海の音〉〈銅《あかがね》の耳朶労働の夏過ぎて〉など十九句を列挙した。中でも、「天耕」の句は、「最高の佳作」であり「峯を越す」の表現に「千鈞の重み」があると絶賛した。また、「銅の耳朶」の句こそ、「止にして動」のロダン彫刻を言語化した作品だとして、「まさに血汐のリズムが脈打つ健康な肉体であり、寧ろ荘厳」と讃えた。

芭蕉忌の流燈俳諧亡者ども

『一隅』昭和五十二年刊

昭和三十九年作。芭蕉の忌日に灯籠流しが行われている。闇の中へ送り出される灯のそれぞれに、俳諧に執着した者たちの魂も宿っている。流灯は波に押されつつ、ゆらゆらと岸辺を離れて水面をたゆたって行く。「俳諧亡者」の懊悩を、その光芒に曳きながら。『一隅』後記の年表を参照すると、「芭蕉祭で行つた松島湾では流灯会があつた」とあるので、松島での作とわかる。この句の前には〈芭蕉忌の流燈湾にみな亡ぶ〉がある。辻田克己は「俳諧亡者ども」の語調が相当「激越」なので、「深く考えもせず道を究めようともせずに、やたら俳句俳句と軽はずみにただ騒ぎ立てて涎をねぶるだけの人たちよ」といった意味が籠められているのだと推測し、「芭蕉をこよなく敬愛しその流れを正しく受け継ぐ者として自らを位置付けて」いた誓子としては当然の発想だと鑑賞した。

確かに誓子は芭蕉研究を押し進め、旅路の芭蕉を知るために紀行文ばかりでなく書簡も大いに読み込んで芭蕉研究を著している。誓子は〈荒海や佐渡によこたふ天河〉とともに

〈旅に病んで夢は枯野をかけ廻る〉が「芭蕉最高の句」だと評価する。この「枯野」の句には死に瀕した芭蕉の俳句への妄執が如実に表れている。芭蕉は「笈の小文」で自ら「風羅坊」すなわち風にひるがえる薄い衣のように、傷つき易い無用者と称した。また、「許六離別の詞（柴門の辞）」では、「予が風雅は夏炉冬扇」のごとしとして、無益な才芸や言論を「夏炉冬扇」に譬えた。このような芭蕉の言葉に、誓子はいたく共感を覚えたのだ。エリートコースから転落し、病身を養いつつ俳句に執着するしか選択肢の無かった己の境涯を芭蕉の生涯と重ねていたに違いない。誠に「俳諧亡者」は過激な口調ではあるが、ここには誓子自身の思いが籠められていたのではなかろうか。誓子という人間は、いかなる場合でも、他者に敵意や怒りを向けて爆発させるのではなく、失望や怖れ、哀しみを己の内面に向けて抱き留め、負の思いをエネルギーに転換してきた。「俳諧亡者ども」と吐き捨てるように他者に向かって面罵するように句を作ったのではなく、芭蕉の妄執に連なる数え切れないほどの「亡者」の裾に自分も連なっているという自覚を、自嘲的に描いたのではないかというのが、筆者の推論である。

この年、誓子の文章に、「飛行機雲が炎天をずんずん伸びて行く。私は健康であるから伸びつづけるその飛行機雲をこころよいものとして眺めた」とあるので、各地を精力的に見て回る喜びに浸る弾む心が感じられる。芭蕉の言葉に「東海道の一筋も知らぬ人風雅におぼつかなし」があるが、これは風雅の道の先達である業平、能因、西行や宗祇らの詩心に触れるため、また多くの感動溢れた経験をするため、旅は俳句修行に不可欠であることを説いたものである。誓子はこの芭蕉の言葉に従うように、病気回復以降、徹底して各地を旅行して廻るのであった。掲句を作った翌年にも、松島ばかりでなく殺生石、平泉、高館、出羽三山、親不知、倶利伽羅峠などを網羅して行脚し、「奥の細道ところどころ」を著している。

第十三句集『一隅』（昭和五十二年刊）には、昭和三十九年から四十三年までの四百四十九句が収められている。句集名は伝教大師の「山家学生式《さんげがくしょうしき》」の言葉からきており、「一隅を照らし、天下を照らす」意味だと後記に書かれている。そして「俳句の世界において、指導者は、作句と選句によつて一隅を照らしてゐる。しかし、その灯が明るいか、その灯がいつまでも照らしてゐるか、その光度と持続が問題」だとも記す。誓子の静かな心境が反映した言葉である。

静塔は、句集『和服』『構橋』あたりから、句作の一年後に発表する誓子の方針を挙げ、「自作を執念深く改作をつづけた芭蕉」と比較すると、「この二人の傑出人の俳句の重さ」がわかるだろうとしている。そして、芭蕉に倣うように各地を行脚する誓子を「昭和の『役の行者』」になぞらえている。また、『一隅』の特色として、長編連作が影をひそめ、

「小品の面影」の句が多くなることを指摘し、その中でも〈髯のある鯉金魚等を押し分けて〉〈刈田行く電車の裡も刈田なり〉〈螢火の二火が一火となりし事〉などを味わいのある作として挙げている。それぞれの「土地との縁」を告げたこのような小品こそ、誓子の標榜する「外淡に内滋」の実現ではないかと述べた上で、実は発表作品が「俳壇からは殆ど深くは顧みられる」こともなかった実情にも触れている。確かに当時の総合誌を調べてみると、誓子の句集が刊行されても、大きく特集されたり、その作品や鑑賞が評判を呼ぶことはあまりなくなってきている。一方、静塔は見立て句〈炭窯の口機関車の口なるよ〉〈氷塊を二タ部屋とせる白仕切り〉〈万緑に朱のアンテナは百足虫なる〉、擬人法の句〈巌避けて巌に落花の少なけれ〉〈折りし皮ひとりで開く柏餅〉などを例示し、これらの句が問題視されるかもしれないが、ここには軽妙性があり、どのような芸術、芸道でも永い道程において同じ作法を繰り返しているうちに「新鮮さに戻る」こともあり、誓子という「リピートメント（繰り返し）派」の俳人が身をもってそのことを証明していると擁護した。

長袋先の反りたるスキー容れ

『不動』昭和五十二年刊

昭和四十五年作。袋の中に収まったスキー板を描いた句であり、しごく当たり前の光景で、たいていの人間は普段気にも留めずに見過ごしてしまう。だが細長い袋に、先の反り返ったスキーがいともすんなりと調和を保って収まっているところに意外性があり、俳諧がある。面白いところを句にするな、とは思っても、読者はさらりと通過してしまうかもしれない。しかし静塔は、この句を特別に取り上げて絶賛した。単にウイットの効いた句としてではなく、対象の本質を描き留めた佳品として評価したのである。それ以後、誓子晩年の代表作として評判を集めることとなった。

木枯によると、当時新興俳句から「天狼」に移ってきた堀口薫が〈初日記三百六十五日の白〉を発表したとき、周囲はこれこそ根源俳句だと言って盛んに騒いだ。高柳重信は「見方によってはバカバカしい」と冷静に受け止めたが、「長袋」の句と同様に静塔たちに称揚されることによって、このような対象へのアプローチの作品は「根源俳句」として注目されることとなった。

第十四句集『不動』（昭和五十二年刊）には、昭和四十四年から四十八年までの三百八十六句が収められている。後記には、「『不動』は信念の不動を意味する」とあり、あとは〈遠き世の如く遠くに蓮の華〉（栗林公園）、〈燃えさかり筆太となる大文字〉（京都）、〈み仏の肩に秋日の手が置かれ〉（白浜）、〈舟虫が浇剌原子力発電〉（美浜）などの句が作られた旅程が年表として列挙されている。

静塔は、この句集から「長袋」と〈湯豆腐が煮ゆ角々が揺れ動き〉の二句を挙げた場合、どちらも定型のリピートメントの例句として、「価値なき態」を呈するかもしれない。あえて比較すれば「湯豆腐」の方がまだ「賛成者が多」いだろう。だが、「長袋」の句こそ大多数に無視される世界のことであっても、「句による俳人の大発見の喜び」があるのだと重ねて激賞した。静塔にとって、「長袋」一句あれば事足りる、句集の存在感を示せると思ったほど、この句に惚れ込んだ末の評価であった。

パスカルの『パンセ』の中に、「適切なことばこそ繰り返されるのだ」という認識論がある。言葉は削られ、淘汰されるが、必然性があれば生き残ってゆく。誓子の「リピートメント」の信条の底にあったのは、そんな『パンセ』の思想かもしれない。

一輪の花となりたる揚花火

『新撰大洋』平成八年刊

平成五年八月七日作。打ち上げ花火が頭上に開き、巨大な「一輪の花」として華やかな色彩を夜空に散らしている。ドンと腹の底に響くとともに、夜の宙を三次元の展覧会場として、花火師の競う作品が、次から次へと闇を圧し、闇に消えてゆく。

神戸ポートピアホテルの最上階から眺めてた神戸港の「揚花火」を描いたもので、〈花火終へ港のぐるり灯が残る〉などがある。誓子は花火、特に揚花火を好み、〈遠空に花火の浪費なほつづく〉(『和服』)〈顔の前花火拡大されて散る〉(『方位』)〈火の道のばらばらに解け揚花火〉(『青銅』)〈月の御前揚花火爆ぜつづく〉(『紅日』)などと詠み続けている。「花火」の作品で記憶に留めたい句に〈手花火に妹がかひなの照らさるゝ〉(『凍港』)があり、〈手花火の火は水にして迸る〉(『雪嶽』)もまた印象鮮明な句である。辻田克己は「火は水」の暗喩的断定が素晴らしく、初めて読んだとき「思わず息をのんだ」と記す。

第十五句集『雪嶽』(昭和五十九年刊)には、この「火は水にして」の句を含めて、昭和四十九年から五十三年までの五百十三句が収められており、後記には、賢島、伊賀、北海道、硫黄島、喜界島、ノルウェイはじめさまざまな吟行地を訪れた年譜が付せられている。

よく知られている句に、〈雪嶽の尾根越ゆる道白き道〉〈峯雲の贅肉ロダンなら削る〉〈落葉松《からまつ》は直幹落葉しつくして〉などがある。〈馬の子に生れて襟裳岬を食ふ〉を、森田峠は「宿命」を感じる句で、芭蕉の言葉「俳意たしかに作すべし」を具現した句だと鑑賞している。また、横山房子は句集『雪嶽』の特色をまろやかさだと述べている。

第十六句集『紅日』（平成三年刊）は、朝日俳壇の選のため、定期的に上京していた誓子が、新幹線の中から眺めた「紅玉の日輪」から「紅日」と名づけたものである。眼前具象の対象に肉迫して、ものとものとの関係を表現しようとする態度は、ここでも貫かれている。この句集に収められた作品は、昭和五十四年から六十一年までの六百八十三句であり、〈ただ水の行くのみ鵜川夜が明けて〉〈どこまでも水田日本は水の国〉〈天と湖夕焼け近江美《うま》し国〉〈日本の霞める中に富士霞む〉〈聖樹にて鳴ることもなき銀の鐘〉などがある。後記にもあるように、オランダ、ベルギー、スイス、オーストリア、モロッコなど、高齢にもかかわらず世界各国を歴訪するバイタリティに、作家としての覇気を感ずる。

最後の句集『新撰大洋』の前に、実は『大洋』（平成六年刊、昭和六十二年から平成六年までの三百七十句）が刊行されている。『大洋』は、松井利彦の編集によるものであるが、誓子の義弟、末永山彦氏（波津女の弟）はこれを「作品の殆どを網羅したものを思い描いていたが、編者の別個の判断によって」「天狼」四百八十二句より百八十六句が省かれたことを不服とし、『新撰大洋』（平成八年）を改めて出版したのである。この『新撰大洋』には、『紅日』以降、「天狼」平成五年九月号に至るまでに発表された句四百八十一句と外部発表句百三十三句が収められている。『新撰大洋』の句には、〈ひぐらしが鳴けり神代の鈴振つて〉〈蛇園の石の包《パオ》より毒蛇出る〉〈プロペラの廻転霞掻きまぜて〉〈風倒の稲を櫛にて梳きたけれ〉〈畑の畝雪被て雪の畝をなす〉〈鉄橋で越す雪解の大井川〉などがある。

昭和六十年、誓子が八十四歳の時、人生の良き伴侶、理解者であった波津女を心不全で亡くしてしまう（享年七十八歳）。昭和六十三年三月には、自身も胸膜肥厚、気管支拡張症のため体調を大いに崩したが、平成二年になると八十九歳でブラジルに渡り、イグアス瀑布を見学したり、さらに九十一歳では、少年時代の懐かしい思い出の詰まったサハリンを訪れている。恐るべき作家魂である。

このように驚異的な海外吟行さえも遂行した誓子であったが、「天狼」は、平成五年九月号をもって休刊に入った。九月九日付の松井利彦宛のＦＡＸには「体力と視力が低下しましたので、『天狼』の選を止めて『天狼』を終刊します」と誓子からの決意が記されていた。平成六年三月二十六日、疼痛、呼吸困難で入院、夕方には症状が悪化し、急性呼吸不全のため逝去した。九十二歳の最期であった。葬儀は三月二十九日、山手会館にて、葬儀委員長、松井利彦（「天狼」編集長）によって執り行われ、弟子ばかりでなく、広く俳壇からも多くの参列者を集めた。喪主の末永山彦氏は「誓子は生涯努力の人」であったと一生精進を怠らなかった誓子を追悼した。同年六月と十二月には、自宅で追悼句会が開かれている。誓子は神道であったので、墓地は宗旨に関係のない芦屋霊園となった。また、子供の居ない誓子・波津女夫妻にとって、どうしたらよいか遺族の相談により、「ホトトギス」の同人である高野山普賢院の管主、森白象（俳号）との縁から、同院にて永代供養とされた。こうして日々たゆまざる自己研鑽を積んだ誓子の句業は、ついにピリオドを打たれたのであった。

翌、六年六月号が終刊、追悼号であった。多くの俳人たちが追悼文、一句鑑賞を寄せているが、中でも山下一海の評が心に残った。誓子は、「日覆」「スケート」「ラグビー」「暖房」「ダイヴィング」などの新季語の創始者であり、誓子の季語は、従来の季語とはまるで違った働きをしている。それは、「新素材の興味だけでなく、作句の新しいメカニズムが自然に新しい季語を呼びおこした」のだと評価した。また、追悼号の俳人誓子の総括として、その未来志向、フロンティア精神、海外への関心、新素材開拓が特徴であり、方法論としては、二物衝撃、モンタージュ、対称性の破れの関心などが挙げられている。

皮肉なことに、誓子がようやく健康を得て、全国ばかりでなく海外までも行脚を始めた六十代を境として、話題になった句はあるものの、誓子作品の評価は下降線をたどることとなってしまった。長寿と健康は必ずしも誓子俳句の充実を実現させはしなかった。だが昭和初期に「ホトトギス」の四Sの一人として、秋櫻子とともに近代俳句の先駆けとなり、その後、還暦過ぎまで草田男らと同様に俳壇から常に注目を集め、諸俳人に影響を与え続けた誓子の業績は大きい。我々は、この極小の伝統詩型の可能性を求め続けた誓子の存在を、近代俳句の記念碑として、常に心に留めなくてはならないだろう。母の自殺を含め、幼少時から家庭的には恵まれず、忍耐を自分の背骨に据えて長い療養生活に堪え、鬱屈した思いをエネルギーに代えて、創作者の姿勢をその死に至るまで貫徹した誓子の生涯は、改めて心に深く刻み込まれる。

木枯は、「昭和三十年代から始まった先生の吟行句、特に修二会の句などは脂がのりきっているが、私はやはり伊勢時代の句に魅かれる。先生のクヽセが出過ぎている句がだんだんと増えてきた」と語る。

人生で最も孤独に寄り添い、己の内面を凝視した時代、すなわち木枯が直接師事した昭和二十年前後の作品が一番濃密であり、評価できるという事実は、創作という営為の過酷さを物語ってもいよう。

あとがき

本書の執筆を木枯先生から依頼されたとき、いささかのためらいがあった。誓子俳句のイメージには「非情」「メカニック」がつきまとい、どうしても金属の壁がそそり立つような拒絶感がある。しかもそれまで研究していた中村草田男はじめ人間探求派の作家と比べ、誓子は人間としても、どこか親しみが湧いてこない。それは、山本健吉、高柳重信、飯島晴子、金子兜太ら、慧眼の評論の書き手が、誓子に厳しい評価を加え、その文章を論調通りに読んでいたためでもあった。

だが、「誓子先生にご恩を返したい」という木枯先生の熱意と、「百句選をもう始めています」との積極的な言葉に、背中を押されたかたちで誓子調べが始まった。当初は木枯先生の鑑賞やコメントをまとめるのだろうと安易に考えていたが、自由にお書きなさいと、執筆に関しては全部任されたかたちであった。

木枯先生は、普段でも「誓子」と呼び捨てにすることはなく、必ず「誓子先生」と敬愛の情を籠めて話をされる。なぜそこまで慕うのかとの疑問は、木枯先生の話をうかがい、誓子作品と文章を熟読する上で、おのずと明らかになった。

誓子の他者との距離の取り方、執拗なまでの対象凝視、徹底した客観性などは、その生い立ちによる翳が大きく影響していることを知った。また作品は、必ずしも「非情」「メカニック」「構成主義」とレッテルを貼るべき句ばかりでなく、瑞々しい抒情性に富んでいるもの、宇宙と交感する懐深いもの、ユーモア溢れるもの、などさまざまな特色があることにも気づかされた。本書を書き進めるにつれ、健吉、重信、晴子たちが、誓子の作品や文章の限られた部分にしか向き合っておらず、一部の代表句や方法論などに対する合理主義的で酷薄な印象を先行させてしまったことが、辛辣な論調の基底にあるのだということに思い至った。

慄然俳句と呼ばれ、非情のまなざしと喧伝された作品の根底には、孤独の極限を味わった者の鬼気迫る作家魂があり、その対極には無邪気な少年のような好奇心も読み取れる。

誓子の人柄も、もともとは情熱家で抒情体質であり、溢れ出す感情を止められなくなるのを懼れ、厳しく自分を律していたのだとも思われた。これは木枯先生から聞かされた、情に篤い、実直な誓子の素顔と重なるのである。津田清子は伊勢の誓子を訪ねるといつも、誓子がステテコで現れたと言っているが、そんな親しみやすさも誓子の一面だ。口絵の流木に座る誓子の写真を、木枯先生がぜひ使いたいと願ったのがよくわかる。

執筆を始めてから、木枯先生とは二十回以上のインタビューを重ねた。四谷のとんかつ屋や、うなぎ屋へ連れて行って頂いたこともあり、木枯先生の健啖にびっくりさせられた場合も多い。だが、第六句集『鏡騒』で、小野市詩歌文学賞を受賞された昨年の春あたりから、徐々に体力が低下し、年末には慶応大学病院へ入院されることもあった。その病室にまで呼ばれて、インタビューしたことがある。いかに木枯先生が誓子について話しておきたいという思いが強かったことだろう。「話しているうちに、いろいろなことを思い出すんです」と、にこにこしながら、よくおっしゃっていた。

ところが、本書の初校が出て、写真や資料の打合わせのために、二月末、ご自宅を訪れたのが、なんとお目にかかる最後となってしまった。初校を見られた木枯先生は、「これで（あの世で）誓子先生に合わせる顔ができた」とおっしゃったという。

三月十九日の昼ごろから木枯先生に呼ばれている気がして、何度も受話器を振り返った。だが、そのまま仕事に出かけ、夜帰宅してからなおも胸騒ぎがするので、ご自宅に電話したところ、十二時五十分に息を引き取られたという。昼過ぎから昏睡に入られたので、呼ばれていると思った時間とちょうど合致している。本書のこと、頼みましたよとおっしゃりたかったのか。なにより出版を楽しみにしておられたのに、お彼岸のさなか、とうとう手にすることなく突然旅立たれてしまわれた。

亡くなった翌日、仲間と予定通り四谷の喫茶店で句会をした。亡くなる二日前にもかかわらず木枯先生は、ちゃんと五句投句を済まされていた。生涯最後に作られた〈猫走る恋のかたちをふりかざし〉〈生きものの春です臍《ほぞ》をまん中に〉には、弛みなど微塵もなかった。

活字になった最後の句は、「鏡」四号の〈猫に道あり戀に道あり道は狭に〉〈寒鮒釣り全生涯の幕下ろす〉などで、タイトルは「幕下ろす」である。木枯先生は命終近しと、覚悟を決めておられたのか。四谷句会後ご自宅を訪ね、安らかなお顔の木枯先生とお別れをした。ご長女の夕刈さんから木枯先生の最後のご様子をうかがった。先生が胸の上に置いた紙にペンを走らせると、そこには小さく、しかし確かに「白扇落ちた」と書かれていた。そして手をひらひらと舞わせたのち、あたかも深い睡りに落ちたようだったという。

先生の生前の希望通り、ご家族は密葬とし、一週間後に訃報が新聞などに一斉に発表された。この日は、ちょうど「誓子先生」の忌日であった。

本書の執筆にあたって、資料や写真を探して下さった八田夕刈様、執筆を見守って下さった鍵和田秞子主宰、西嶋あさ子様、里川水章様はじめ皆様に心から感謝申し上げたい。

平成二十四年　五月吉日

角谷　昌子

花筵有情ふたたび

初版から十三年を経てこのたび重版出来となりました。監修の木枯先生は、大正十四年生まれ、平成二十四年に亡くなりました。令和七年の今年は先生の生誕百年を迎えます。先生の没後、長女の夕刈さんが晩紅句会を再開し、今年は、生誕百年を記念して、木枯先生が毎春開いていた「花筵有情《かえんうじょう》」の会を催し、懐かしいお仲間が集まりました。

本書執筆のため、山口誓子について木枯先生からの証言や資料を読み込んで、私が抱いていた誓子の印象は大きく変わりました。そして、誓子の近代俳句のリーダとしての業績ばかりでなく、その作品から、いかに俳句実作のヒントが得られるかはもちろん、情の濃い人物像も浮かび上りました。読者のみなさまにも、本書にお目通しいただいて、もしさらなる発見があれば嬉しく思います。

令和七年六月十一日　甲斐駒山荘にて　　角谷昌子

主要参考文献

山口誓子『山口誓子全集』全十二巻（明治書院　昭和五十二年）

山口誓子・桂信子『山口誓子句集激浪　付「激浪ノート」』（邑書林　平成十一年）

平畑静塔『平畑静塔対談俳句史』（永田書房　平成二年）

平畑静塔『平畑静塔俳論集』（永田書房　平成二年）

山本健吉『俳諧常住』（富士見書房　昭和六十三年）

山本健吉『昭和俳句回想』（富士見書房　昭和六十一年）

山本健吉・森澄雄ほか編『現代俳句集成　別巻二　現代俳論集』（河出書房新社　昭和五十八年）

山本健吉『定本現代俳句』（角川書店　平成十年）

山本健吉『自然と芸術　山本健吉対談集』（角川書店　昭和五十二年）

飯島晴子『俳句発見　飯島晴子俳論集』（永田書房　昭和五十五年）

山口誓子『山口誓子』（春陽堂俳句文庫　平成四年）

鷹羽狩行編『誓子俳句３６５日』（梅里書房　平成九年）

考橋謙二『現代俳句作家論』（明治書房　昭和十五年）

松本たかし『鉄輪』（丸岡出版社　昭和十七年）

水原秋櫻子『水原秋櫻子全集』（講談社　昭和五十二年）
山口誓子『季題別　山口誓子全句集』（本阿弥書店　平成十年）
山口誓子選『山口誓子集』（朝日文庫　昭和五十九年）
山口誓子『自選自解山口誓子句集』（昭和四十四年　白鳳社）
山口誓子『凍港』（素人社書屋　昭和七年）
山口誓子『黄旗』（龍星閣　昭和十年）
山口誓子『炎晝』（三省堂　昭和十三年）
山口誓子『七曜』（三省堂　昭和十五年）
山口誓子『激浪（改訂版）』（創元社　昭和二十三年）
山口誓子『遠星』（創元社　昭和二十二年）
山口誓子『晩刻』（創元社　昭和二十二年）
山口誓子『青女』（中部日本新聞社　昭和二十五年）
山口誓子『和服』（角川書店　昭和三十年）
山口誓子『構橋』（春秋社　昭和四十二年）
山口誓子『方位』（春秋社　昭和四十二年）
山口誓子『青銅』（春秋社　昭和四十二年）
山口誓子『一隅』（春秋社　昭和五十二年）
山口誓子『不動』（春秋社　昭和五十二年）
山口誓子『雪嶽』（明治書院　昭和五十九年）
山口誓子『紅日』（明治書院　平成三年）
山口誓子・松井利彦編『大洋』（明治書院　平成六年）
山口誓子・末永山彦編『新撰大洋』（思文閣出版　平成八年）
『西東三鬼読本』（角川書店　昭和五十五年）
『西東三鬼全句集』（都市出版社　昭和四十六年）
戸恒東人『誓子──わがこころの帆』（本阿弥

書店　平成二十三年）
『日本の詩歌』（中央公論社　昭和四十四年）
「ホトトギス」（句修行漫談（三）昭和六年三月号）
「まはぎ」（中田みづほ対談　昭和五年七月号）
「馬酔木」（昭和十年年四月号～十六年十二月号）
岩田潔「俳句研究」（誓子論　昭和十四年一月号）
岩田潔「俳句研究」（茂吉と誓子　昭和二十五年一月号）
岩田潔「俳句」（誓子論　昭和二十八年二月号）
「天狼」（昭和二十三年年創刊号～平成六年六月終刊号）
「七曜」（昭和二十三年創刊号）
神田秀夫「俳句研究」（誓子論　昭和二十九年三月号）
神田秀夫「俳句」（橋本多佳子追悼　昭和三十八年八月号）
「晩紅」（昭和五十二年創刊号～昭和五十三年卯月）
「俳壇」（山口誓子追悼号）（本阿弥書店　平成六年六月号）
「俳句」（山口誓子大特集）（角川書店　平成六年六月号）
辻井喬「過ぎてゆく光景」（東京新聞　平成二十三年七月二十日）

【写真提供】
口絵一頁、二頁、三頁下
神戸大学山口誓子学術振興基金実行委員会
口絵三頁上、他
八田夕刈氏所蔵

著者略歴

八田　木枯（はった・こがらし）

1925年、伊勢の津に生まれる。長谷川素逝に師事。1945年、俳誌「ウキグサ」主宰。素逝死去後、橋本鶏二に選を受ける。1947年、天ヶ須賀海岸に保養中の山口誓子の門を敲く。1948年、「天狼」創刊に従い、「遠星集」に集中して投句。1957年以降、ほぼ20年間俳句より遠ざかる。1977年、盟友うさみとしおと二人誌「晩紅」創刊。1987年「雷魚」創刊同人に加わる。1996年、寺澤一雄、中村裕たちと晩紅塾をひらく。2003年新同人を迎えて「晩紅」を復刊。2012年3月死去。

第60回現代俳句協会賞受賞。第6句集『鏡騒』で第3回小野市詩歌文学賞受賞。

句集『汗馬楽鈔』『あらくれし日月の鈔』『於母影帖』『天袋』『夜さり』『鏡騒』

角谷　昌子（かくたに・まさこ）

1987年　「未来図」主宰鍵和田秞子に師事。「未来図」入会。
2020年　鍵和田主宰逝去により、「未来図」終刊。その後、「磁石」同人。
2009年　中村草田男論、翌年、八田木枯論により、「俳句界」評論賞（現在の山本健吉評論賞）次点。
2019年　『俳句の水脈を求めて　—平成に逝った俳人たち』（俳人協会評論賞・日本詩歌句評論随筆大賞受賞）
現在、公益社団法人俳人協会理事、国際俳句協会理事、日本現代詩歌文学館評議員、日本文藝家協会会員。
主な著書に、句集『奔流』『源流』『地下水脈』。評論集『山口誓子の100句を読む』。『花の歳時記』『鑑賞女性俳句の世界』『鑑賞日本の名句』ほか。
選考委員歴：俳人協会評論賞、山本健吉評論賞、EU英語俳句
講師：江東区芭蕉記念館英語俳句講座、目黒学園カルチャースクール、調布市アカデミー愛とぴあ、井の頭句会ほか。

山口誓子《やまぐちせいし》の一〇〇句を読む

2012年7月10日　第1刷発行
2025年6月20日　第2刷発行

監　修　八田 木枯
著　者　角谷 昌子
編　集　星野慶子スタジオ
装　幀　片岡 忠彦
発行者　飯塚 行男
印刷・製本　理 想 社

株式会社 飯塚書店
http://izbooks.co.jp
〒112-0002 東京都文京区小石川5-16-4
TEL03-3815-3805　FAX03-3815-3810
郵便振替00130-6-13014

ISBN978-4-7522-2065-7